講談社文庫

渡世人

大江戸閻魔帳㈢

藤井邦夫

JN177988

講談社

目次

『渡世人　大江戸閻魔帳（三）』——人物紹介

青山麟太郎《あおやまりんたろう》　元浜町《もとはまちょう》の閻魔《えんま》長屋に住む若い浪人。戯作者《げさくしゃ》閻魔堂赤鬼《あかおに》。

蔦《つた》　日本橋通油町《にほんばしとおりあぶらちょう》の地本《じほん》問屋『蔦屋《つたや》』の二代目。蔦屋重三郎《じゅうざぶろう》の娘。

幸兵衛《こうべえ》　『蔦屋』の番頭。白髪眉《しらがまゆ》。

梶原八兵衛《かじわらはちべえ》　南町奉行所臨時廻《りんじまわ》り同心。

辰五郎《たつごろう》　岡っ引《おかぴき》。連雀町《れんじゃくちょう》の親分。

亀吉《かめきち》　下っ引《したぴき》。

平七《へいしち》　旅の渡世人。元船頭。

喜平《きへい》　老舗《しにせ》の茶道具屋『香風堂《こうふうどう》』の大旦那。

房吉《ふさきち》　『香風堂』の若旦那。

おくみ　房吉の娘。心の臓の病で寝込んでいる。

白崎英之助《しらさきえいのすけ》　沼津藩の江戸中屋敷詰、留守居番《るすいばん》。

根岸肥前守《ねぎしひぜんのかみ》　南町奉行。麟太郎のことを気にかける。

正木平九郎《まさきへいくろう》　南町奉行内与力《うちよりき》。代々、根岸家に仕える。

大江戸閻魔帳《えんまちょう》（三）

渡世人

第一話　渡世人《とせいにん》

一

神田川《かんだがわ》の流れに月影は揺れていた。

戯作者閻魔堂赤鬼《げさくしゃえんまどうあかおに》こと青山麟太郎《あおやまりんたろう》は、神田川に架かっている柳橋《やなぎばし》を渡り、人気《ひとけ》のない両国広小路《りょうごくひろこうじ》を横切って米沢町《よねざわちょう》一丁目に進んだ。

浅草元鳥越町《もととりごえちょう》の鰻屋《うなぎ》で戯作者仲間と飲んだ酒は美味《うま》かった……。

麟太郎は、心地好い酔いを楽しみながら米沢町の通りを進んだ。

夜の通りに人影はなく、左右に連なる店は軒行燈《のきあんどん》を消していた。

麟太郎は、米沢町から小さな旗本屋敷街の傍《かたわら》を抜けて橘町《たちばなちょう》に入った。

橘町を抜けると浜町堀《はまちょうぼり》だ。

浜町堀に架かっている汐見橋《しおみばし》を渡ると元浜町であり、裏通りに麟太郎の暮らしている閻魔長屋がある。

麟太郎は、橘町を通り抜けて浜町堀に出た。
浜町堀には、夜廻りの打つ拍子木の音が響いていた。
麟太郎は、浜町堀に架かっている汐見橋を渡ろうとした。
汐見橋の南側に連なる店の前の闇が僅《わず》かに揺れた。
何だ……。
麟太郎は、汐見橋の袂《たもと》に立ち止まり、揺れた闇を透かし見た。
闇の中には、一軒の店の前に佇《たたず》む人影が見えた。
人影は、三度笠を被《かぶ》って縞《しま》の合羽《かっぱ》に身を包《つつ》んでいた。
旅の渡世人《とせいにん》……。
江戸の町で、縞の合羽に三度笠の旅の渡世人は珍しい。
で、何をしている……。
麟太郎は、旅の渡世人を見守った。
旅の渡世人は、三度笠を僅かに上げて店を見上げていた。
あの店と何か拘《かかわ》りがあるのか……。
麟太郎は、旅の渡世人が前に佇む店が何屋だったか思い出そうとした。
刹那《せつな》、旅の渡世人は麟太郎を振り返った。

麟太郎は、隠れる間もなく汐見橋の袂に佇んだままだった。

旅の渡世人は、三度笠を目深《まぶか》に被って縞の合羽を巻き、足早に堀端を千鳥橋《ちどりばし》に向かった。

足取りと身のこなしは、未《ま》だ若い……。

麟太郎は読んだ。

旅の渡世人は何をしていたのだ……。

麟太郎は、闇に消えて行く旅の渡世人を見送った。


翌朝。

麟太郎は、閻魔長屋の木戸を出て閻魔堂に手を合わせた。そして、浜町堀に向かった。

浜町堀には荷船が行き交っていた。

麟太郎は、汐見橋の袂に佇んで浜町堀の向こうに連なる店を眺めた。

昨夜遅く旅の渡世人が佇んでいた前の店は、茶道具屋の『香風堂《こうふうどう》』だった。

「茶道具屋の香風堂か……」

麟太郎は、浜町堀越しに茶道具屋『香風堂』を眺めた。

茶道具屋『香風堂』は、落ち着いた雰囲気を漂わせた老舗《しにせ》だった。

旅の渡世人には似合わない店だ……。

麟太郎は、戸惑いを覚えた。

だが、旅の渡世人と茶道具屋『香風堂』に何らかの拘りがあるのは間違いない。

まさか、旅の渡世人は盗っ人であり、押込みでも企てているのか……。

麟太郎は眉をひそめた。

「あら、麟太郎さんじゃあない……」

地本《じほん》問屋『蔦屋《つたや》』の女主《おんなあるじ》のお蔦《つた》の声がした。

「おう。二代目……」

麟太郎は、お蔦を振り返った。

「何してんの、こんな処《ところ》で……」

お蔦は、怪訝《けげん》な面持ちで辺りを見廻した。

「う、うん。そう云《い》えば二代目、あの茶道具屋の香風堂、どんな店かな……」

麟太郎は尋ねた。

「香風堂さん……」

「うん……」

「香風堂さんは見ての通りの老舗でね。金看板は掲げていないけど、お大名や名高いお坊さまの御用達《ごようたし》らしいわよ」

お蔦は、茶道具屋『香風堂』を眩《まぶ》しげに眺めた。

「ほう。ならば儲《もう》かっていて金はあるか……」

麟太郎は読んだ。

盗賊が押込みを企てても不思議はない……。

「きっとね……」

お蔦は頷《うなず》いた。

「旦那はどんな人かな……」

麟太郎の質問は続いた。

「麟太郎さん、香風堂さんがどうかしたの……」

お蔦は眉をひそめた。

「う、うん……」

麟太郎は苦笑した。

地本問屋『蔦屋』は、店先に絵草紙や錦絵を並べていた。

番頭の幸兵衛《こうべえ》と手代たちは、小僧たちに手伝わせて客の相手をしていた。

お蔦と麟太郎は、地本問屋『蔦屋』の居間に落ち着いた。

「どうぞ……」

お蔦は、麟太郎に茶を差し出した。

「忝《かたじけな》い。して、香風堂の旦那だが……」

麟太郎は、茶を飲みながら尋ねた。

「香風堂さんの大旦那は喜平《きへい》さまと仰《おつしや》ってね。茶之湯のお師匠さんとしても名高い方ですよ」

「へえ。そんな旦那なのか……」

「ええ。それで、香風堂さんのお店を実際に切り盛りしているのは、娘のおくみさんと弟の若旦那の房吉《ふさきち》さん。それに番頭の彦造《ひこぞう》さんですよ。尤《もつと》も、おくみさんはこのところ、ずっと寝込んでいるって話ですよ」

「若旦那と番頭か……」

「ええ。大旦那の喜平さまは、お大名お旗本、大きな寺のお坊さまなんかの処に毎日のように出稽古《でげいこ》に出掛けていますからね。それより、どうかしたの香風堂さん……」

お蔦は、麟太郎に怪訝な眼を向けた。

「いや。香風堂がどうかしたって訳じゃあないんだが、昨夜遅く香風堂の前に旅の渡世人が佇み、店を眺めていてね」

「旅の渡世人……」

お蔦は眉をひそめた。

「うん。縞の合羽に三度笠の旅の渡世人でな。俺に気が付いて千鳥橋の方に立ち去って行ったんだが、どうも気になってな」

麟太郎は苦笑した。

「そうよね。老舗茶道具屋の香風堂さんと旅の渡世人なんて妙な取り合わせだものね」

「うん。で、二代目の知る限りで香風堂と渡世人の拘り、何か心当たりはないかな」

「さあ。心当たり、私にはないけど……」

お蔦は首を捻《ひね》った。

「そうか。ま、偶々《たまたま》の事かもしれないし、暫《しばら》く様子を見てみるか……」

「ええ。それより次の絵草紙、未だなんですか……」

「う、うん……」

「でしたら、此処《ここ》は余計な事に首を突っ込んでいる暇はないと思いますけど……」

お蔦は笑った。

冷ややかな笑いだった。

「そうだな。うん、そうだ。じゃあ、馳走になったな……」

麟太郎は、出された茶を飲み干して立ち上がった。

茶は冷たく、胃の腑に染み渡った。


筆は進まなかった。

麟太郎は、筆を置いて大きく背伸びをして仰向けに寝た。

幼い子供たちの楽しげに遊ぶ声が、外から聞こえていた。

「良いなあ、子供は……」

麟太郎は、情けない面持ちで年甲斐もなく呟《つぶや》いた。

腰高障子《こしだかしょうじ》に人影が映り、静かに叩かれた。

「開いているよ……」

麟太郎は身を起こした。

「御免なすって……」

腰高障子を開け、岡《おか》っ引《ぴき》の連雀《れんじゃくちょう》町の辰五郎《たつごろう》と下《した》っ引《ぴき》の亀吉《かめきち》は入って来た。

「こりゃあ、連雀町の親分、亀さん……」

麟太郎は、慌てて辺りを片付けて辰五郎と亀吉の座る場所を作った。

「どうですか、赤鬼先生の方は……」

辰五郎は、麟太郎が作ってくれた場所に座った。

「そいつが親分、赤鬼先生、いつも通り、筆が進まなくて……」

麟太郎は、苦笑しながら茶を淹《い》れ始めた。

「それはそれは、お気の毒に……」

「処で何か……」

「ええ。此《こ》の界隈にちょいと用がありましてね。それで序《つい》でに御機嫌伺いを……」

辰五郎は小さく笑った。

「何かあったんですか、どうぞ……」

麟太郎は、辰五郎と亀吉に茶を差し出した。

「戴きます……」

辰五郎と亀吉は茶を飲んだ。

「麟太郎さん、浜町堀界隈で此奴《こいつ》を見掛けませんでしたか……」

亀吉は、人相書を開いて見せた。

人相書には、月代《さかやき》を伸ばし、頬《ほお》の削《そ》げた鋭い眼をした若い男の顔が描かれていた。

「何者ですか……」

「平七《へいしち》って凶状持の渡世人でしてね」

亀吉は告げた。

「凶状持の渡世人……」

麟太郎は眉をひそめた。

「ええ。此の界隈で見掛けたって届けがあったので来たんですよ」

亀吉は告げた。

「それで、浜町堀一帯に聞き込みを掛けて来たんですがね……」

辰五郎は苦笑した。

「いませんでしたか……」

「ええ……」

「親分、亀さん、こんな顔かどうかは分かりませんが、旅の渡世人なら昨夜遅く見掛けましたよ」

麟太郎は告げた。

「渡世人を見掛けた……」

辰五郎は眉をひそめた。

「はい……」

麟太郎は頷いた。

「何処《どこ》でです……」

亀吉は身を乗り出した。

「浜町堀に架かっている汐見橋の近くで……」

麟太郎は、小さな笑みを浮かべた。


浜町堀には船が行き交い、堀端には多くの人が往き来していた。

麟太郎は、辰五郎や亀吉と浜町堀に架かっている汐見橋の袂に佇んだ。

「で、旅の渡世人は何処にいたんですか……」

辰五郎は尋ねた。

「あの茶道具屋の香風堂の前に佇み、店を見ていましたよ」

麟太郎は、茶道具屋『香風堂』を示した。

「茶道具屋の香風堂……」

辰五郎と亀吉は、茶道具屋『香風堂』を眺めた。

「ですが親分、亀さん、さっきも云いましたが、旅の渡世人は三度笠を被っていて顔は分からないんですよね」

　麟太郎は首を捻った。

「ええ。でも、凶状持の平七じゃあないと決まった訳でもありません」

　辰五郎は笑った。

「そりゃあそうですが……」

　麟太郎は頷いた。

「よし。亀吉、ちょいと聞き込んでみるか……」

「はい……」

「親分、俺も行きます」

　麟太郎は、茶道具屋『香風堂』に向かう辰五郎と亀吉に続いた。


　茶道具屋『香風堂』の店内には、茶碗、茶釜、風炉《ふろ》、茶筅《ちゃせん》、茶匙《ちゃさじ》などの高価な茶道具が飾られていた。

　番頭の彦造は、訪れた辰五郎、亀吉、麟太郎を帳場の隣の商い用の座敷に通した。

　そして、老舗茶道具屋らしく上等な茶を出した。

美味い……。

麟太郎は、出された茶を飲んで腹の内で呟いた。

「それで連雀町の親分さん、御用とは……」

番頭の彦造は、辰五郎に怪訝な眼を向けた。

「それなんですが、番頭さん、此の男を御存知ですか……」

辰五郎は、平七の人相書を見せた。

番頭の彦造は、人相書を見詰めた。

「どうですか……」

辰五郎は訊《き》いた。

「さあ。見た事のない顔ですね」

彦造は首を捻った。

「そうですか、渡世人の平七って奴なんですがね」

辰五郎は告げた。

「平七……」

彦造は、微《かす》かに眉をひそめた。

「ええ……」

辰五郎は頷いた。

「さあ、やっぱり存じませんねえ……」

彦造は、申し訳なさそうに告げた。

「そうですか……」

辰五郎は頷いた。

「いらっしゃいませ……」

羽織を着た若い男が座敷を覗《のぞ》いた。

「此《これ》は若旦那さま……」

彦造は、若い男を迎えた。

「香風堂の房吉にございます。番頭さん、こちらのお客さまは……」

若い男は、若旦那の房吉だった。

「はい。若旦那、此方《こちら》さま方は、お上《かみ》の御用を務めている連雀町の辰五郎親分さんたちにございます」

「それはそれは、御苦労さまにございます」

房吉は、人の好い笑顔を見せた。

辰五郎は、房吉にも渡世人の平七の人相書を見せた。

房吉は、眉をひそめて首を捻った。そして、平七の名も知らなかった。

辰五郎、亀吉、麟太郎は、茶道具屋『香風堂』を後にした。

茶道具屋『香風堂』の若旦那の房吉と番頭の彦造は、渡世人の平七を知らなかった。

「知りませんでしたね……」

亀吉は落胆した。

「若旦那の房吉さんはな……」

辰五郎は苦笑した。

「えっ。じゃあ、番頭の彦造さんは知っているんですか……」

亀吉は眉をひそめた。

「きっとな……」

辰五郎は頷いた。

「俺もそう思います」

麟太郎は、番頭の彦造が平七と云う名を聞いた時、微かに眉をひそめたのを見逃してはいなかった。

「そうか……」

「よし。亀吉、ちょいと番頭の彦造さんを見張ってみな」

辰五郎は命じた。

「合点《がってん》です」

亀吉は頷いた。

辰五郎は、亀吉を残して南町奉行所に行った。

「亀さん、良かったら手伝いますよ」

麟太郎は、亀吉に笑い掛けた。

「良いんですか、絵草紙は……」

「ええ。家で筋書を思案していても、行き詰まるだけですから……」

「そうですか、じゃあ……」

亀吉は苦笑した。

麟太郎と亀吉は、茶道具屋『香風堂』と番頭の彦造を調べる事にした。

茶道具屋『香風堂』の大旦那の喜平は、手代に茶道具を持たせて得意先に出掛けていた。

娘のおくみは持病の心の臓の病で寝込んでおり、店は若旦那の房吉と番頭の彦造が切り盛りしていた。

番頭の彦造は通いであり、家は浜町堀沿いの高砂町《たかさごちょう》にあった。

麟太郎と亀吉は、茶道具屋『香風堂』に関する聞き込みをし、浜町堀を隔てた甘味処の暖簾《のれん》を潜《くぐ》った。


麟太郎と亀吉は、甘味処の座敷の窓辺に座って安倍川餅《あべかわもち》と茶を頼んだ。

「彦造さん、おそらく店を閉める迄《まで》、動きませんね」

亀吉は、窓の外に見える茶道具屋『香風堂』を眺めながら睨《にら》んだ。

「ええ。その代わり、平七が来るかもしれませんよ」

麟太郎は読んだ。

「ええ……」

「処で亀さん、平七、どんな凶状持なんですか……」

麟太郎は尋ねた。

「あっしも聞いた話で詳しくないんですがね、平七は元々人形町《にんぎょうちょう》の裏長屋で暮らしていた船頭でしてね」

「船頭……」

「ええ。で、六年前に浜町河岸に軒を連ねている大名屋敷の家来を殺して、江戸から逃げたそうですぜ」

「浜町河岸の大名屋敷の家来をですか……」

麟太郎は、微かな違和感を覚えた。

浜町堀の南、大川に流れ込む手前には大名家の江戸上屋敷を始めとした中屋敷や下屋敷が数多くある。

「ええ、駿河国《するがのくに》は沼津《ぬまづ》藩江戸中屋敷に詰めていた家来でしてね。評判の悪い奴だったそうですよ」

「して、平七は江戸から逃げましたか……」

「ええ。それから暫くして上総《かずさ》は木更津《きさらづ》で博奕《ばくち》打ちの喧嘩《けんか》出入りがあり、腕の立つ助っ人の渡世人がいましてね。そいつが船頭の平七だったそうですよ」

「船頭の平七、渡世人になっていましたか……」

「ええ。で、関八州《かんはっしゅう》を渡り歩いていたそうですが、江戸で見掛けたって者が現れましてね。御番所が六年前の古い人相書を引っ張り出したって訳ですよ」

亀吉は、平七を捜し始めた経緯を話し終えた。

「で、土地勘のある浜町堀界隈も捜していましたか……」

「ええ、暮らしていた人形町を中心にね」

「それにしても平七、どうして茶道具屋の香風堂の前に佇んでいたのか……」

麟太郎は首を捻った。

「分からないのは、そこですね……」

亀吉は眉をひそめた。

「ええ。あれは通り縋《すが》りに、偶々眺めていたって風じゃありませんでしたよ」

麟太郎は告げた。

「じゃあ、誰かに逢いに来たんですかね……」

亀吉は読んだ。

「かもしれません。ま、とにかく旅の渡世人が船頭の平七だと見定めてからですか……」

麟太郎は、運ばれて来た安倍川餅を食べ始めた。

二

夕暮れが訪れた。

浜町堀沿いに連なる店は、店先を片付けて暖簾を仕舞い始めた。

麟太郎と亀吉は、茶道具屋『香風堂』の見張りを続けた。

羽織を着た白髪《しらが》頭の年寄りが、手代らしき若いお店者《たなもの》を従えて茶道具屋『香風堂』に入って行った。

「大旦那の喜平さんですか……」

亀吉は睨んだ。

「ええ、間違いないでしょう」

麟太郎は頷いた。

大旦那の喜平は、手代をお供に得意先を廻って帰って来たのだ。

茶道具屋『香風堂』は、店売りよりそうした得意先廻りの商いの方が高値の物が売れ、儲かっているのだ。

麟太郎は睨んだ。

茶道具屋『香風堂』から二人の小僧と下男が現れ、店先を片付けて大戸を閉めた。

浜町堀沿いの道には行き交う人も減り、浜町堀には明かりを灯した屋根船が三味線の爪弾《つまび》きを洩《も》らしながら通り過ぎた。

「現れますかね、旅姿の渡世人……」

「さあ、今夜はどうですか……」

亀吉と麟太郎は、茶道具屋『香風堂』を見張り続けた。

半刻《はんとき》(約一時間)が過ぎた。

旅の渡世人は現れなかった。

茶道具屋『香風堂』から番頭の彦造が現れ、浜町堀沿いの道を南に向かった。

高砂町の家に帰る……。

麟太郎と亀吉は読んだ。

「俺が追います。亀さんは此のまま香風堂を見張っていて下さい」

「承知……」

麟太郎は暗がりを出た。そして、浜町堀を挟んで番頭の彦造を追った。

番頭の彦造は、浜町堀沿いの東側の道を足早に進み、千鳥橋の袂を抜けた。

浜町堀の西側にある高砂町の家に帰るには、栄橋《さかえばし》か高砂橋を渡らなければならない。

麟太郎は尾行《つけ》た。

彦造は栄橋を過ぎ、高砂橋に差し掛かった。
高砂橋の東詰の袂の暗がりから人影が現れ、やって来た彦造の前に立った。
麟太郎は、高砂橋の西詰の袂に隠れ、東詰の袂を窺《うかが》った。
彦造と一緒にいる人影は、三度笠に縞の合羽を着ていた。
平七か……。
麟太郎は、人相書に書かれた平七の顔を思い浮かべた。
月代を伸ばし、削げた頬に鋭い眼……。
麟太郎は、三度笠に縞の合羽の渡世人の顔を見定めようとした。
彦造と渡世人は、何事か言葉を交わしていた。
渡世人は頷き、高砂橋の袂の石段を素早く降りた。
石段の下には船着場があり、猪牙舟《ちょきぶね》が係留されていた。
渡世人は猪牙舟に乗り、大川に向かって巧みに漕《こ》ぎ出した。
麟太郎は、平七が元は船頭なのを思い出した。
巧みに猪牙舟を操る渡世人は、元船頭の平七なのか……。
麟太郎は、大川に漕ぎ出して行く渡世人の猪牙舟を見送った。
彦造は、渡世人の猪牙舟を見送って高砂橋を西詰に渡り、高砂町に入った。

麟太郎は、暗がり伝いに尾行た。

彦造は、高砂町の裏通りにある板塀に囲まれた家に入って行った。

麟太郎は見届けた。


「そうですか、三度笠に縞の合羽の旅の渡世人、高砂橋で彦造さんの帰りを待っていましたか……」

亀吉は眉をひそめた。

「ええ。で、高砂橋の袂で何事かを話し、船着場に繋《つな》いであった猪牙舟で大川に立ち去りましたよ」

「猪牙舟で……」

「ええ。まるで玄人の船頭のように櫓《ろ》を上手く扱ってね……」

麟太郎は苦笑した。

「じゃあ……」

「元船頭の平七に違いないでしょう」

麟太郎は頷いた。

「何《いず》れにしろ、番頭の彦造さんは平七と通じていますか……」

亀吉は読んだ。

「きっと。おそらく彦造さん、平七の隠れ場所を知っていますよ」

麟太郎は読んだ。

「じゃあ、いざとなれば、彦造さんから訊き出しますか……」

亀吉は小さく笑った。

「亀さん、こうなると気になるのは、六年前に平七が沼津藩江戸中屋敷詰の家来を殺した一件ですが、茶道具屋の香風堂、何か拘りがあるのかもしれませんね……」

麟太郎は眉をひそめた。

六年前、船頭の平七は、沼津藩江戸中屋敷留守居番の家来を殺した。

麟太郎は、船頭の平七が凶状持になったその一件が気になった。

麟太郎は、連雀町の辰五郎を通じて南町奉行所臨時廻り同心の梶原八兵衛《かじわらはちべえ》に六年前の事件について訊いた。

「そいつなんだが、六年前の事件を扱った定町《じょうまち》廻り同心の日下仙十郎《くさかせんじゅうろう》さんは、去年隠居してな。八丁堀《はっちょうぼり》の組屋敷で暇を持て余している。訊きたい事があるなら直《じか》に逢って訊いてみるが良い……」

梶原は、屈託なく隠居した元定町廻り同心の日下仙十郎に紹介状を書いてくれた。

麟太郎は、梶原の書いてくれた紹介状を懐《ふところ》にして八丁堀に急いだ。

八丁堀は、狭い川を荷船が通れるように八丁（約八百七十メートル）に亘《わた》って開鑿《かいさく》した処から付いた名だ。

麟太郎は、八丁堀北島町《きたじまちよう》の地蔵橋を渡った処にある組屋敷を訪ねた。

日下仙十郎は、家督を倅《せがれ》に譲って暇な隠居の身を持て余していた。そして、梶原の紹介状を一読し、麟太郎が持参した手土産の角樽《つのだる》を嬉しそうに受け取った。

「六年前の船頭平七の一件なら良く覚えているぜ……」

「そいつは良かった。じゃあ、詳しく教えて戴けますか……」

「ああ。良いとも。六年前、平七は東堀留川《ひがしほりどめがわ》に架かっている思案橋《しあんばし》の傍の堀江町《ほりえちよう》四丁目にある船宿若松《わかまつ》の船頭でな。腕も良ければ気《き》っ風《ぷ》も良いと評判の良い男だった」

「思案橋の傍の船宿若松ですか……」

「うむ。で、殺されたのは沼津藩江戸中屋敷詰の白崎英之助《しらさきえいのすけ》と云う家来でな……」

「白崎英之助……」

「ああ。中屋敷留守居番で暇なのを良い事に悪い仲間と飲む打つ買うの陸《ろく》でなしでな。金が無くなると町方の者に強請《ゆすり》に集《たか》りだ」

日下は、腹立たしげに白髪眉をひそめた。

「そいつは、まるで無法者ですね」

麟太郎は呆《あき》れた。

「うむ。そんな陸でなしの侍と気っ風の良い船頭だ……」

「いつかは喧嘩になりますか……」

麟太郎は読んだ。

「ああ。で、いろいろ小競《こぜ》り合《あ》いがあり、平七が浜町堀は千鳥橋の船着場に猪牙を着けて客が用を足して来るのを待っていた処、白崎英之助がやって来て新吉原《しんよしわら》に行けと命じたそうだ。だが、客を待っている平七は当然断った。そうしたら白崎が怒りに血迷い、刀を抜いたそうだ。平七は咄嗟《とっさ》に竹竿で白崎を殴り飛ばし、鋭く喉《のど》を突いた……」

日下は、槍を握る真似をした両手を鋭く突き出した。

「で、白崎は死にましたか……」

麟太郎は眉をひそめた。

「ああ。武士とは思えぬ程、無様《ぶざま》に呆気《あっけ》なくな……」

日下は、殺された白崎英之助を嘲笑した。

「で、平七は逃げたのですか……」

「うん。一緒にいた白崎の仲間が襲い掛かろうとしたからな。平七は猪牙で浜町堀を下り、大川に逃げ去ったと云う訳だ」

日下は、平七が白崎英之助を殺した経緯を語った。

「御隠居、その経緯は誰から……」

「ああ、千鳥橋の袂で托鉢《たくはつ》をしていて一部始終を見ていた雲水《うんすい》と、用を終えて戻って来た客から聞いた証言だ」

「御隠居はその証言を信じられると……」

「うむ。偶々托鉢をしていた雲水と、普段は何の付き合いもない客の証言だ。殺された白崎の仲間の証言より、ずっと信用出来るさ」

日下は笑った。

「そりゃあそうですね。で、平七は……」

「そいつが、沼津藩の江戸中屋敷の黒井《くろい》伝兵衛《でんべえ》なる留守居番頭が討手を掛けてな。平七は何処に逃げたのか、姿を消したままだった」

「留守居番頭の黒井伝兵衛ですか……」

「うむ。その黒井伝兵衛、殺された白崎英之助の実の兄貴でな……」

日下は、腹立たしげに告げた。

「実の兄貴……」

麟太郎は、戸惑いを浮かべた。

「うむ。白崎英之助、黒井伝兵衛の実の弟で母親の実家の白崎家の養子になり、家督を継いでいたのだ」

「じゃあ白崎英之助、実の兄貴が留守居番頭なのを良い事に陸でもない事をしていましたか……」

「ま、そんな処だろうな」

麟太郎は読んだ。

日下は頷いた。

「して、平七は……」

「ま、殺した経緯と白崎英之助がどんな奴か分かれば分かる程、俺たちも平七に同情して探索の熱も冷めてな。いつの間にか江戸から逃げられていたって訳だ……」

日下は苦笑した。

「そうだったのですか……」

「うむ。そして、風の便りに船頭上がりの平七って渡世人の噂を聞いてね。そうか、船頭の平七、江戸に舞い戻って来たか……」

「はい。処で御隠居、此の一件に茶道具屋の香風堂ってのは絡《から》んでいませんでしたか……」

「茶道具屋の香風堂……」

日下は白髪眉を寄せた。

「ええ。汐見橋の東詰の橘町一丁目にある老舗茶道具屋の香風堂です」

「ああ、そう云えばそんな店があったが、平七の一件とは拘りはなかったと思うが……」

日下は、白髪頭を捻った。

「そうですか……」

麟太郎は頷いた。

しかし、日下たちの探索では浮かばなかった茶道具屋『香風堂』との拘りはきっとあるのだ。

麟太郎は睨んだ。

南町奉行所の奉行の役宅の庭は、陽差しに溢《あふ》れていた。

「ほう。麟太郎が六年前の勤番武士殺しの一件に首を突っ込んで来たか……」

根岸肥前守《ねぎしひぜんのかみ》は苦笑し、盆栽を手入れしていた手を止めた。

「はい。運が良いのか悪いのか、偶々出逢った旅の渡世人が船頭の平七だったそうにございます」

内与力《うちよりき》の正木《まさき》平九郎《へいくろう》は告げた。

「どうせ絵草紙の筋書に行き詰まり、行き詰まりを破るきっかけになるかもしれぬと、首を突っ込んで来たのだろう」

肥前守は読んだ。

「それは構わないのですが、麟太郎どのの事です、事件の仔細や船頭の平七の人柄や気っ風を知れば知る程、どうするか……」

平九郎は眉をひそめた。

「そりゃあ、間違いなく船頭の平七の味方になるだろうな」

肥前守は苦笑した。

「ですが、沼津藩の家臣を殺した凶状持に違いありません。下手な真似は麟太郎どのの首を絞めるかも……」

平九郎は心配した。

「平九郎、心配を掛けてすまぬ。だが、麟太郎も子供ではない。その時はその時だ……」

肥前守は笑った。

「お奉行……」

「それより平九郎、船頭の平七を見掛けたと報《しら》せて来た沼津藩の黒井伝兵衛はどうした……」

「梶原が見張っております」

「そうか。黒井伝兵衛、実の弟の白崎英之助を殺され、平七を恨んで何をしでかすか分からぬ。決して眼を離すな……」

肥前守は、穏やかな眼を厳しく光らせた。

愛宕下大名小路《あたごしただいみょうこうじ》の外れに沼津藩江戸上屋敷はあった。

梶原八兵衛と辰五郎は、斜向《はすむか》いの寺の山門の陰から沼津藩江戸上屋敷を見張った。

殺された白崎英之助の実の兄である黒井伝兵衛は、既に江戸中屋敷の留守居番頭を御役御免になり、賄方組頭《まかないかたくみがしら》になっていた。

塗笠《ぬりがさ》を被った武士が、沼津藩江戸上屋敷から出て来た。

「梶原の旦那、黒井伝兵衛です……」

辰五郎は告げた。

「ああ……」

梶原と辰五郎は、黒井伝兵衛の尾行を開始した。

黒井は大名小路から宇田川町《うだがわちょう》に抜け、芝口《しばぐち》に向かった。

「さあて、何処に行くのか……」

梶原と辰五郎は、充分に距離を取って尾行た。


橘町一丁目の茶道具屋『香風堂』は、羽織袴の老武士や茶之湯の宗匠《そうしょう》、大店《おおだな》の隠居などの客が出入りしていた。

亀吉は、浜町堀に架かっている汐見橋の袂から茶道具屋『香風堂』を見張り続けていた。

「亀さん……」

麟太郎が、八丁堀から戻ってきた。

「どうですか……」

「平七、現れませんね……」

亀吉は苦笑した。

「そうですか……」

「で、どうでした」

「いろいろ分かりましたよ……」

麟太郎は、元南町奉行所定町廻り同心の日下仙十郎から聞いた話を亀吉に報せた。

「へえ。日下の旦那たちは、殺された白崎の悪辣《あくらつ》さに呆れ、船頭の平七に同情し、探索の熱も冷めたんですか……」

亀吉は笑った。

「そして、船頭の平七はいつの間にか江戸から姿を消した」

「日下の旦那たち、平七がいつの間にか江戸から消えて、内心ほっとしたんでしょうね」

亀吉は読んだ。

「きっと……」

麟太郎は苦笑した。

「で、香風堂との拘りは……」

「そいつが、日下の御隠居は、拘りなかったと云っていてね……」

「拘りなかった……」

亀吉は眉をひそめた。

「うん。でも亀さん、俺は拘りが必ずあると思っている」

麟太郎は、浜町堀の向こうの茶道具屋『香風堂』を眺めた。

茶道具屋『香風堂』の前では、若旦那の房吉と番頭の彦造が町駕籠《まちかご》で帰る隠居風の客を見送っていた。


沼津藩賄方組頭黒井伝兵衛は、京橋《きようばし》を渡って東に曲がり、竹河岸《たけがし》に進んだ。そして、楓川《かえでがわ》沿いの本材木町《ほんざいもくちよう》の通りを日本橋川《にほんばしがわ》に向かった。

梶原八兵衛と辰五郎は追った。

黒井は進んだ。

弾正橋《だんじようばし》、松屋橋、越中橋《えつちゆうばし》、新場橋《しんばばし》、海賊橋《かいぞくばし》……。

黒井は、楓川に架かっている幾つかの橋の袂を通って日本橋川に出た。

日本橋川は外濠《そとぼり》、呉服橋から大川に架かっている永代橋《えいたいばし》の傍に流れ込んでいる。

黒井は、日本橋川に架かっている江戸橋を渡って西堀留川沿いを進んだ。

「何処に行くんですかね……」

辰五郎は、先を行く黒井の背を見詰めた。

「さあ、何処に何しに行くのか……」

梶原は眉をひそめた。


黒井伝兵衛は、西堀留川に架かる中ノ橋を渡り、小舟町《こぶなちょう》にある飲み屋に入った。

梶原と辰五郎は見届けた。

「昼間から飲み屋ですか……」

辰五郎は眉をひそめた。

「流石《さすが》は白崎英之助の実の兄貴かな……」

梶原は苦笑した。

「ええ。じゃあ旦那、此の飲み屋がどんな店か、ちょいと木戸番に訊いてみます」

「頼む……」

辰五郎は、梶原を残して小舟町の木戸番屋に走った。

梶原は、物陰から飲み屋を見張った。

東堀留川は日本橋川に続いている。

麟太郎は、東堀留川に架かっている親父橋《おやじばし》を渡り、思案橋に向かった。

思案橋の袂に船宿『若松』はあった。

船宿『若松』は、渡世人の平七が船頭だった頃に奉公していた店だった。

麟太郎は、船宿『若松』の女将《おかみ》を訪れた。

「本当に気の毒な話ですよ。白崎英之助なんて陸でもない侍に絡まれて……」

船宿『若松』の女将は、奉公人だった船頭の平七に同情していた。

「まったくだ。して平七、浜町堀にある茶道具屋の香風堂と何か拘りはなかったのかな」

麟太郎は尋ねた。

「茶道具屋の香風堂さんですか……」

女将は眉をひそめた。

「ええ……」

「さあ、もう六年も前の事だから良く覚えちゃあいないけど、確か平七の亡くなったおっ母《か》さん、平七が子供の頃、香風堂に女中として通い奉公していた筈《はず》ですよ」

「おっ母さんが通い奉公の女中……」

「ええ。で、子供だった平七がおっ母さんに付いて香風堂に行き、やっぱり子供だったお嬢さんと遊んだ事があったとか……」

「お嬢さんって、病で寝込んでいる香風堂の娘のおくみさんですか……」

「そうそう、そのおくみさんですよ」

女将は頷いた。

平七は、茶道具屋『香風堂』の娘のおくみと幼馴染《おさななじみ》だった。

麟太郎は、平七と茶道具屋『香風堂』の拘りを知った。

だが、それが白崎英之助殺しと何か拘りがあるのか……。

麟太郎は、想いを巡らせた。

三

小舟町の木戸番は、腹立たしげに眉をひそめた。

「どうやら、知っているようだね。中ノ橋の袂の飲み屋……」

辰五郎は、木戸番に笑い掛けた。

「そりゃあもう。連雀町の親分、あの店は大年増の女将がやっているんですがね。質《たち》の悪い紐《ひも》が付いているんですよ」

「質の悪い紐……」

辰五郎は眉をひそめた。

「ええ。松永京次郎《まつながきようじろう》って浪人でしてね。食詰め浪人を集めて大店に乗り込み、強請に集りの狼藉三昧《ろうぜきざんまい》って外道《げどう》ですよ」

木戸番は吐き棄てた。

「松永京次郎か……」

「ええ……」

黒井伝兵衛は、その松永京次郎に逢いに飲み屋に来たのだ。

辰五郎は読んだ。

「その松永京次郎、六年前、浜町堀で船頭に殺された沼津藩の家来と拘りはなかったかい」

「ああ。六年前の浜町堀と云えば、船頭の一件ですかい……」

木戸番は、平七の白崎英之助殺しを覚えていた。

「うん。殺された沼津藩の家来、白崎英之助って云うんだが、松永京次郎、連《つる》んじゃあいなかったかな……」

「さあ、名前迄は知りませんが、松永が連んでいる者の中に何処かの大名の家来はいましたよ」

木戸番は告げた。

「そうか……」

類は友を呼ぶだ……。

おそらく、殺された白崎英之助は松永京次郎と拘りがあったのだ。

辰五郎は睨んだ。


「浪人の松永京次郎……」

梶原八兵衛は眉をひそめた。

「ええ。黒井伝兵衛、おそらく松永京次郎に逢いに来た筈です」

辰五郎は、木戸番屋から戻って梶原に報せた。

「うむ。六年前、松永と白崎英之助が連んでいたとしたら、黒井は松永に平七を捜し出して殺すように頼んだのかもしれないな」

梶原は読んだ。

「きっと……」

辰五郎は、厳しい面持ちで頷いた。

中ノ橋の袂の飲み屋の腰高障子が開いた。

黒井伝兵衛が大年増の女将に見送られて現れ、塗笠を目深に被って来た道を戻って行った。

「どうします……」

「おそらく愛宕下の江戸上屋敷に戻るのだろう。此処は松永京次郎の面《つら》を拝んでおこう」

「ええ……」

梶原と辰五郎は、飲み屋の見張りを続けた。

四半刻《しはんとき》（約三十分）が過ぎた。

飲み屋から総髪の浪人が出て来た。

「きっと、松永京次郎ですぜ……」

辰五郎は睨んだ。

「うむ……」

梶原は、松永を窺った。

松永は、険しい眼差しで辺りを見廻して両国広小路の方に向かった。

梶原と辰五郎は追った。

松永と擦《す》れ違う人たちは、視線を逸《そ》らして脇に退《よ》けた。

「外道振りは隠しようもないか……」

「ええ……」

梶原と辰五郎は苦笑した。

蕎麦《そば》屋の障子窓の外には、茶道具屋『香風堂』が見えた。

麟太郎と亀吉は、窓辺に座って蕎麦を食べていた。

「じゃあ、平七、香風堂のおくみさんとは幼馴染って奴なんですか……」

「ええ。そうなりますね」

麟太郎は、蕎麦を食べながら頷いた。

「へえ。老舗大店のお嬢さんと船宿の船頭がねえ……」

「亀さん、幼い子供同士じゃあ、お嬢さんも女中の悴もありません。只の幼馴染ですよ」

麟太郎は笑った。

「ええ。で、麟太郎さん、平七とお嬢さんのおくみさんが幼馴染だったのが、白崎英之助殺しと拘りがあるんですか……」

亀吉は眉をひそめた。

「ええ。何だか未だ良く分かりませんが、きっとあると思います」

麟太郎は頷いた。

「そうですか。それにしても番頭の彦造さん、平七を知らないと云っていたけど、子供の時から知っていた訳ですね」

亀吉は読んだ。

「ええ。そろそろ、彦造さんに知っている事を話して貰《もら》いますか……」

麟太郎は、窓の外の茶道具屋『香風堂』を眺めた。


両国広小路は見世物小屋や露店が並び、多くの人で賑《にぎ》わっていた。

浪人の松永京次郎は、両国広小路の賑わいを抜けて米沢町三丁目の外れ、薬研堀《やげんぼり》の傍の家に入った。

梶原と辰五郎は見届けた。

薬研堀の傍の家は土間が広く、丸に〝長〟の一字が大きく書かれた提灯が鴨居に並べられていた。

「博奕打ちの貸元、薬研堀の長五郎《ちょうごろう》の家ですぜ……」

辰五郎は、家の主を知っていた。

「薬研堀の長五郎……」

梶原は眉をひそめた。

「ええ。元鳥越や本所《ほんじょ》の旗本屋敷や寺に賭場《とば》を開いている博奕打ちの貸元です」

辰五郎は知っていた。

「じゃあ、松永京次郎、長五郎に頼んで平七を捜して貰おうって魂胆か……」

「ええ。長五郎の息の掛かっている博奕打ちや渡世人はあちらこちらに大勢いますからね。そして、平七を見付け出して殺そうって寸法ですよ」

梶原と辰五郎は読んだ。

「ああ。だが、そうはさせない……」

梶原は、不敵な笑みを浮かべた。

「平七だと思った旅の渡世人は、別人だったかも知れぬだと……」

肥前守は眉をひそめた。

「はい。それ故、報せた事は取り下げる。探索は無用だと、先程、黒井伝兵衛が南町奉行所を訪れ、そう申して帰りました」

正木平九郎は告げた。

「黒井伝兵衛、我々の手を借りずに平七を捜し出し、さっさと殺して弟の白崎英之助の恨みを晴らすつもりだろう」

肥前守は苦笑した。

「はい、仰《おお》せの通りかと存じます。して、如何《いかが》致しますか……」

正木は、肥前守の指示を仰いだ。

「気遣い無用だ。もし、黒井たちが平七を殺そうとしたなら、大名家家臣と雖《いえど》も容赦なく召し捕れ」

肥前守は、厳しく命じた。

座敷の障子に夕陽は映えた。

浜町堀を行く船の明かりは流れに揺れた。

茶道具屋『香風堂』が店仕舞いをして半刻《はんとき》（約一時間）が過ぎた。

番頭の彦造が茶道具屋『香風堂』から現れ、浜町堀沿いの道を南に進んだ。

此のまま進み、高砂橋を渡って高砂町の家に帰る。

亀吉はそう睨み、彦造を尾行た。

彦造は、通い慣れた夜道を提灯も持たずに足早に進んだ。

亀吉は追った。

千鳥橋の袂の小料理屋から三味線の爪弾きが洩れていた。


彦造は、浜町堀に架かっている高砂橋に差し掛かった。

高砂橋の袂には麟太郎が佇んでいた。

彦造は、警戒するかのように足を止めた。

「やあ。彦造さん……」

麟太郎は笑い掛けた。

「えっ……」

彦造は、怯《おび》えを滲《にじ》ませた。

「ちょいと訊きたい事がありましてね」

亀吉が背後からやって来た。

「あっ、連雀町の親分さんの処の……」

彦造は、亀吉を見て戸惑いを浮かべた。

「付き合って貰いましょうか……」

亀吉は彦造を見据えた。

「は、はい……」

彦造は、緊張を滲ませた。


小料理屋の奥の小座敷には、店の騒《ざわ》めきが聞こえて来ていた。

「彦造さん、ま、一杯やって下さい……」

亀吉は、彦造に酌《しゃく》をした。

「は、はい……」

彦造は、強張《こわば》った面持ちで亀吉の酌を受けた。

「で、彦造さん、船頭の平七ですが、本当は良く知っていますね」

亀吉は訊いた。

「えっ。いえ、手前は平七の事は……」

彦造は、猪口《ちょこ》に満たされた酒を飲んで言葉を濁した。

「彦造さん、船頭の平七の死んだおっ母さんが香風堂の通いの女中で、平七は子供の頃にお嬢さんのおくみさんと遊んでいたのは分かっているんですよ」

　麟太郎は告げた。

「そ、そんな……」

　彦造は言葉を失った。

「それなのに彦造さんは、知らないと惚《とぼ》けた。そいつは香風堂を面倒に巻き込みたくないからですね」

　麟太郎は畳み掛けた。

　彦造は微かに震えた。

「彦造さん、六年前の平七の白崎英之助殺し、只の喧嘩じゃありませんね」

　麟太郎は押した。

　彦造は沈黙した。

「彦造さん、殺された白崎は強請集りを働き、大名家の家来とは思えぬ外道です。ですから当時の同心の旦那たちも平七に同情し、探索に熱が入らなかったそうです。そして、平七は江戸から逃げた」

　亀吉は告げた。

「その裏には、白崎英之助と茶道具屋香風堂の秘《ひそ》かな揉め事があった。違いますか……」

麟太郎は、彦造を見詰めた。

彦造は、徳利を取って手酌で猪口に酒を満たした。

徳利の口が小さく震え、猪口に小刻みに当たって音を鳴らした。

酒が零《こぼ》れた。

麟太郎と亀吉は見守った。

彦造は、覚悟を決めて猪口の酒を一息に飲み干した。

「彦造さん……」

亀吉は眉をひそめた。

「六年前、白崎英之助さまはお嬢さまに懸想してしつこく声を掛けて来ていました。旦那さまと私は、白崎さまにお止《や》め下さいとお願いしました。すると白崎さまは武士を嘲笑し、愚弄《ぐろう》したとお怒りになられ、詫《わ》びの印に金を出せと……」

彦造は、溜まっていた物を吐き出すように話し出した。

「で、出したのですね……」

「はい。十両程を……」

彦造は項垂《うなだ》れた。

「十両も……」

亀吉は眉をひそめた。

「だが、それだけでは済まなかった……」

麟太郎は、厳しい面持ちで読んだ。

「はい。白崎さまはそれからも、しつこく……」

彦造は、悔しげに頷いた。

まさに、外道の因縁を付けての強請集りだった。

「お嬢さまはそれを知り、自分の為に店や旦那さまに迷惑を掛けていると気に病まれ……」

彦造は、哀しげに項垂れた。

「心の臓の病になりましたか……」

亀吉は読んだ。

「はい。お嬢さまは子供の頃から余り心の臓が良くなかったので……」

彦造は、鼻水を啜《すす》った。

「で、船頭の平七に白崎英之助の事を教えたのですか……」

麟太郎は尋ねた。

「仰る通り、平七はお嬢さまと幼馴染。病に寝込んだお嬢さまを見舞いに来てくれました。その時、お嬢さまが白崎さまの強請に集りを平七に……」

「云ったのですか……」

「はい。平七は怒り、香風堂を強請《ゆす》り、お嬢さまを哀しませる奴は許せないと……」

「彦造さん、ひょっとしたら平七、お嬢さんのおくみさんに惚れているのでは……」

麟太郎は眉をひそめた。

「はい。そして、それはお嬢さまも……」

彦造は、小さな笑みを浮かべた。

「じゃあ、平七とおくみさんは恋仲だったのですか……」

麟太郎は知った。

「はい……」

彦造は頷いた。

「彦造さん、大旦那の喜平さんは……」

亀吉は尋ねた。

「大旦那さまは、平七の人柄は勿論《もちろん》、気っ風の良さを良く御存知で、平七なら病弱なおくみを大事にしてくれるだろうと、お許しになられておりました」

「そうでしたか……」

亀吉は頷いた。

「そして平七は白崎と揉め、容赦なく打ちのめし、竿で喉を突いたか……」

麟太郎は知った。

「きっと。で、香風堂を面倒に巻き込みたくないと、白崎の強請集りを訴えずに江戸から消えましたか……」

亀吉は、平七の腹の内を読んだ。

「きっとそうでしょう。そして、六年が経ち、平七は江戸に戻って来た。その訳を知っていますか……」

「一目逢いたい。平七はお嬢さまに逢いたい一心で帰って来たのです」

「だが、運悪く白崎の実の兄の黒井伝兵衛に気付かれた……」

麟太郎は読んだ。

「ええ……」

亀吉は頷いた。

「して彦造さん、平七は何処に潜んでいるのですか……」

「本所深川の方ですが、詳しくは教えて貰っていません」

「本所深川ですか……」

麟太郎は、平七が猪牙舟で動いているのを思い出した。

「はい。お願いにございます。平七は香風堂とお嬢さまの為にした事なんです。どうか、どうか、お見逃し下さい」

彦造は、麟太郎と亀吉に頭を下げて頼んだ。

「彦造さん、殺された白崎の兄貴の黒井伝兵衛も捜している筈。俺たちが見逃しても……」

亀吉は困惑を浮かべた。

「そうですか……」

彦造は、哀しげに肩を落した。

「処で彦造さん、平七はおくみさんに逢えたのですか……」

麟太郎は尋ねた。

「いいえ。お嬢さまは近ぢか、向島《むこうじま》に新築した香風堂の寮に移り、静かに養生をする事になっていまして今は何かと、それで未だ……」

彦造は、申し訳なさそうに告げた。

「そうですか……」

早く一目逢わせてやりたい……。

麟太郎は、平七とおくみを逢わせてやりたくなった。

博奕打ちの貸元、薬研堀の長五郎の家から数人の三下《さんした》が駆け出して行った。

「長五郎の野郎、触れを廻しやがったかもしれませんぜ」

辰五郎は読んだ。

「触れだと……」

梶原は眉をひそめた。

「ええ。博奕打ちの他の貸元に平七が賭場に現れたら報せろとの触れです」

「洒落《しやれ》た真似をしやがる……」

梶原は苦笑した。

「旦那……」

辰五郎が長五郎の家を示した。

浪人の松永京次郎と羽織を着た大柄な中年男が、長五郎の家から出て来た。

「羽織を着た大柄の奴が薬研堀の長五郎です」

辰五郎は、梶原に告げた。

「外道の松永京次郎と似合いの野郎だな」

「ええ……」

「よし、追うよ……」

梶原と辰五郎は、三下を従えて両国橋に向かう松永と長五郎を追った。


大川には船の明かりが美しく映えていた。

松永京次郎と長五郎は、大川に架かる両国橋を渡って本所に入った。

梶原と辰五郎は尾行した。

松永と長五郎は、三下を従えて本所竪川《たてかわ》に架かっている一つ目之橋を渡り、御船蔵の横の通りに進んだ。そして、古い寺の裏門に廻った。


古寺の裏門には三下が佇み、訪れた客を賭場に誘っていた。

松永と長五郎は、裏門を潜って賭場の開かれている家作《かさく》に入って行った。

梶原と辰五郎は見届けた。

「賭場ですぜ」

おそらく松永は、長五郎の賭場に蜷局《とぐろ》を巻き、廻した触れの結果を待つのだ。

梶原と辰五郎は睨み、賭場を見張る事にした。

お店者、浪人、職人、侍、渡世人……。

賭場には様々な客が訪れていた。


麟太郎と亀吉は、番頭の彦造を高砂町の家に送り届けた。

番頭の彦造は、麟太郎と亀吉に何度も振り返って頭を下げて家に入って行った。

「さあて、どうしますか……」

「今夜は此迄です。明日、平七が隠れていると思われる本所深川に行ってみますよ」

麟太郎は告げた。

「ですが麟太郎さん、本所深川も広いですよ。どうやって捜すんですか……」

亀吉は眉をひそめた。

「本所深川の渡世人や博奕打ちが平七を見掛けているかもしれません。締め上げてみますよ」

麟太郎は不敵に笑った。

「ああ……」

浮かぶ月は蒼白かった。

四

本所竪川は大川と下総中川《なかがわ》を結び、荷船が様々な荷を運んでいた。

本所回向院《えこういん》の境内には参拝客が行き交い始めていた。

麟太郎は、隅の茶店の縁台に腰掛けて茶を飲みながら境内を見廻していた。

「父っつあん、茶をくれ……」

派手な半纏《はんてん》を着た遊び人が、欠伸《あくび》をしながらやって来て縁台に腰掛けた。

賭場の帰りか……。

麟太郎は睨んだ。

遊び人は、茶店の父っつあんの持って来た茶を飲み、首を鳴らし肩を廻した。

「博奕は勝ったのか……」

麟太郎は、遊び人に笑い掛けた。

「まあね……」

遊び人は、笑みを浮かべて頷いた。

麟太郎の睨み通りだった。

「そいつは羨ましいな。処で平七って旅の渡世人を知らないかな……」

「平七って旅の渡世人……」

遊び人は眉をひそめた。

「ああ……」

「さあ、知らないな……」

遊び人は首を捻った。

「そうか。じゃあ、賭場の貸元は何処の誰かな……」

麟太郎は笑い掛けた。

殺された白崎英之助の実の兄の黒井伝兵衛は、白崎の仲間で無頼《ぶらい》の浪人の松永京次郎に平七捜しを頼んだ。松永京次郎は博奕打ちの貸元、薬研堀の長五郎に触れを廻させて平七の居場所を突き止めようとしている。

辰五郎は亀吉に教えた。

「やっぱり黒井伝兵衛、平七を先に見付けて白崎の恨みを晴らそうって魂胆ですか……」

「ああ。で、そっちは何か分かったか……」

「はい。いろいろ分かりました……」

亀吉は、麟太郎と突き止めた事を辰五郎に報せた。

「そうか、やはり香風堂が絡んでいたか……」

「ええ……」

「それで、平七とお嬢さんのおくみさん、恋仲だとはな……」

辰五郎は苦笑した。

「はい……」

「で、麟太郎さん、本所深川で平七を捜す手筈なんだな」

「はい。ですから、親分に聞いた浪人の松永京次郎と薬研堀の長五郎の事を報せます」

「そいつが良いな。俺も長五郎の動きを見張るぜ」

辰五郎は頷いた。

麟太郎は、本所深川の地廻り、遊び人、博奕打ちたちに縞の合羽に三度笠の旅の渡世人を見掛けなかったか訊き歩いた。だが、縞の合羽に三度笠の旅の渡世人を見掛けた者は容易に見付からなかった。

麟太郎は、深川の萬徳山弥勒寺《みろくじ》門前の茶店で団子を食べて腹拵《はらごしら》えをした。

「やあ、此処でしたか……」

亀吉がやって来た。

「やあ、亀さん……」

「どうですか……」

「中々……」

麟太郎は苦笑した。

「そうですか。で、麟太郎さん、親分と梶原の旦那の方ですがね……」

亀吉は、麟太郎に黒井伝兵衛の動きと、浪人松永京次郎と薬研堀の長五郎の事を詳しく伝えた。

「そうですか。じゃあ、こっちも急がなくてはなりませんね」

「ええ……」

亀吉は頷いた。

麟太郎と亀吉は、平七捜しを急ぐ事にした。

「縞の合羽に三度笠の旅の渡世人だと……」

博奕打ちは眉をひそめた。

「ああ、平七って奴なんだが、見掛けた事はないかな……」

麟太郎は訊いた。

「見掛けていたらどうだってんだい……」

博奕打ちは、探るような眼を向けた。

「何処で見掛けたか、教えて欲しい……」

麟太郎は頼んだ。

「教えても良いが、只じゃあなあ……」

博奕打ちは、勿体《もったい》をつけて狡猾《こうかつ》な笑みを浮かべた。

「手前《てめえ》……」

亀吉は苛立った。

「亀さん……」

麟太郎は、亀吉を制して博奕打ちの前に進み出た。

「何だ、手前……」

博奕打ちは、僅かに怯《ひる》んだ。

麟太郎は、博奕打ちの手を取って無雑作に捻りあげた。

博奕打ちは、悲鳴をあげて両膝をついた。

「何処で見掛けたんだ……」

「離せ、離さねえと只じゃあ済まねえぞ」

博奕打ちは、身を捩《よじ》らせて必死に凄んだ。

「云わないと、腕をへし折る……」

麟太郎は、捻りあげた腕に力を込めた。

「せ、仙台堀《せんだいぼり》だ。縞の合羽に三度笠の野郎は猪牙舟で仙台堀を木置場に向かって行った」

博奕打ちは、激痛に声を激しく震わせた。

「仙台堀を木置場だな……」

「へい……」

「嘘偽りだったら戻って来て腕をへし折るどころか、叩き斬る」

麟太郎は、腕を捻りあげたまま脅した。

「嘘偽りじゃあねえ……」

博奕打ちは、悲鳴混じりに叫んだ。

仙台堀の流れは、大川から陸奥国《むつのくに》仙台藩江戸下屋敷の脇を抜け、深川の木置場や埋立地に続いている。

麟太郎と亀吉は、仙台堀沿いの道を東にある木置場に向かった。

木置場は幾つもの堀割で区切られ、丸太が山と積まれていた。

麟太郎と亀吉は、丸太を堀割に流している木置場人足たちに聞き込みを掛けた。

木置場人足たちに、縞の合羽に三度笠の旅の渡世人を見掛けた者はいなかった。

麟太郎と亀吉は、広い木置場の隅々迄検《あらた》めた。だが、平七が潜んでいる気配を見付ける事は出来なかった。

「あの野郎、嘘偽りを抜かしやがって、お縄にして伝馬町《てんまちょう》送りにしてやる」

亀吉は息巻いた。

「亀さん、平七はもっと先にいるのかもしれませんよ」

麟太郎は、木置場の東に広がっている深川の埋立地を眩しげに眺めた。

薬研堀の流れは澱《よど》み、繋がれている舟は小さく揺れていた。

梶原八兵衛と辰五郎は、博奕打ちの貸元、薬研堀の長五郎の家を見張っていた。

三下が新大橋の方からやって来て、貸元の長五郎の家に駆け込んだ。

「何かあったようですね」

辰五郎は眉をひそめた。

「ああ。平七を見掛けた奴がいたのかもしれないな……」

梶原は読んだ。

僅かな刻が過ぎた。

浪人の松永京次郎と数人の博奕打ちが長五郎の家から現れ、三下に誘われて大川沿いの道を南に急いだ。

「新大橋から深川に行く気だ……」

大川に架かっている新大橋は、浜町と深川を結んでいる。

梶原は読み、松永と博奕打ちたちを追った。

辰五郎が続いた。

八右衛門新田《はちえもんしんでん》、砂村《すなむら》新田、大塚新田……。

深川の埋立地には様々な名の新田が広がり、小名木川《おなぎがわ》沿いには大名家の江戸下屋敷が数多くあった。

埋立地の新田には、幾つもの小川の流れが入り組んでいた。

猪牙舟で動いている平七は、小川沿いの何処かにいる筈だ。

麟太郎と亀吉は、小川沿いを検めながら進んだ。

「亀さん……」

麟太郎は、砂村新田を流れている小川に架かっている小橋の袂に小さな百姓家があるのに気付いた。

小さな百姓家は古く、軒を傾けて雑草に囲まれていた。

「空き家のようですね……」

亀吉は睨んだ。

「ええ……」

麟太郎は、亀吉を促して小橋の袂の小さな百姓家に近付いた。

小橋には猪牙舟が繋がれていた。

平七が使っている猪牙舟……。

小さな百姓家には平七がいる……。

麟太郎と亀吉は頷き合い、小さな百姓家の表と裏に分れて忍び寄った。

新大橋を渡った浪人の松永京次郎は、博奕打ちたちを従えて小名木川沿いの道を東に進んだ。

梶原八兵衛と辰五郎は追った。

「何処迄行く気だ……」

「此のまま行けば横川、横十間川《よこじつけんがわ》ですか……」

「ああ……」

梶原と辰五郎は、松永と博奕打ちたちを追い続けた。


小さく古い百姓家の周囲の雑草は、微風に揺れていた。

麟太郎は、小さく古い百姓家の傾いた軒の下の戸口に忍び寄った。

刹那、外れ掛けていた板戸を蹴破《けやぶ》られた。

麟太郎は身構えた。

頰の削げた男が戸口から現れ、暗く鋭い眼で麟太郎を見詰めた。

渡世人の平七こと船頭の平七だった。

裏から亀吉が現れた。

前後を塞《ふさ》がれた平七は、麟太郎を見詰めたまま長脇差《ながわきざし》の鯉口《こいぐち》を切った。

「船頭の平七だな……」

麟太郎は尋ねた。

「ああ……」

平七は、麟太郎に暗く鋭い眼を向けたままだった。

「香風堂のおくみさんに逢ってから、どうするつもりだ……」

麟太郎は尋ねた。

平七は眉をひそめた。

「再び草鞋《わらじ》を履いて江戸から逃げるか……」

「他に何がある……」

「白崎英之助のおくみさんへの懸想、因縁を付けての香風堂への強請集り……」

麟太郎は、静かに語り始めた。

「何故、知っている……」

平七は眉をひそめた。

「番頭の彦造さんに聞いたよ」

麟太郎は微笑《ほほえ》んだ。

「彦造さんに……」

平七は、戸惑いを浮かべた。

「ああ……」

麟太郎は頷いた。

「そうか……」

平七は、困惑を滲ませた。

「そして、白崎のお前への無理難題の脅しの挙げ句の無様な死に様。南町奉行所も白崎の外道振りの仔細を知れば、罪を減じてくれる筈だ。どうだ、もう逃げ廻らず、南町奉行所に自訴《じそ》しないか……」

「自訴……」

「そうだ。自訴だ。自訴して白崎英之助の外道振りを天下に報せるのだ」

「出来ない。そんな事は出来ないんだ」

平七は、悔しさと哀しさを交錯させた。

「平七、おくみさんは云うに及ばず、香風堂の喜平大旦那も番頭の彦造さんも此以上、お前に辛い思いをさせたくない筈だ」

麟太郎は、平七に云い聞かせた。

「おくみさんや大旦那が……」

「ああ……」

　麟太郎は頷いた。

「平七、お上にも情けはある。一刻も早く自訴して罪を償い、船頭に戻るんだ」

　亀吉は告げた。

「船頭に……」

　平七に迷いが浮かんだ。

「そうだ平七、船頭に戻ろう」

　麟太郎は笑い掛けた。

「そうはさせねえ……」

　浪人の松永京次郎が、博奕打ちたちを従えて現れた。

　麟太郎と亀吉は、平七を後ろ手に庇《かば》って松永京次郎や博奕打ちたちと対峙した。

「平七、逃げ廻るのも此迄だ。白崎英之助の恨み、晴らしてくれる」

　松永は、残忍な笑みを浮かべた。

「何が恨みを晴らすだ。白崎の実の兄の黒井伝兵衛から金で雇われた癖に……」

　麟太郎は嘲笑った。

「黙れ……」

松永は怒声をあげた。

博奕打ちたちが、長脇差を抜いて平七、麟太郎、亀吉を取り囲んだ。

「何処の誰か知らねえが、余計な真似は命取りだ……」

松永は凄み、麟太郎に抜き打ちに斬り掛かった。

麟太郎は、横薙《よこな》ぎの一閃《いっせん》を放った。

松永は、袖の端を斬り飛ばされた。

「おのれ……」

松永は、猛然と麟太郎に斬り付けた。

博奕打ちたちが、平七と亀吉に一斉に斬り掛かった。

平七は長脇差、亀吉は十手を振るって応戦した。

麟太郎と松永は、激しく斬り結んだ。

平七と亀吉は、博奕打ちたちと闘った。

だが、多勢に無勢であり、麟太郎、亀吉、平七は次第に追い詰められた。

「逃げろ、平七……」

麟太郎は、平七に囁《ささや》いた。

「えっ……」

平七は戸惑った。

「此処は俺と亀さんが引き受けた。早く逃げろ……」

麟太郎は平七に告げ、松永に鋭く斬り掛かった。

平七は、混乱して立ち尽した。

「何をしている。さっさと逃げろ」

亀吉は苛立った。

博奕打ちは、絶え間なく斬り付けた。

呼び子笛が鳴り響いた。

梶原八兵衛と辰五郎が、深川の町の木戸番たちを従えて駆け付けて来た。

松永と博奕打ちたちは狼狽《うろた》えた。

梶原は、駆け寄りながら十手を唸らせた。

博奕打ちの一人が、首筋を鋭く打たれて昏倒《こんとう》した。

「梶原の旦那、親分……」

亀吉は、安堵に顔を輝かせた。

「大丈夫か、亀吉……」

「はい……」

「よし……」
梶原は笑い、博奕打ちたちに猛然と躍り掛かった。
十手が唸り、容赦なく博奕打ちたちを叩きのめした。
辰五郎と木戸番たちが、叩きのめされた博奕打ちに捕り縄を打った。
松永は焦り、狼狽えた。
麟太郎は、鋭く斬り掛かった。
松永は跳び退いた。
麟太郎は、追って大きく踏み込んで刀を一閃した。
血が飛んだ。
松永は、腕を斬られて刀を落した。
亀吉が素早く飛び掛かり、松永を蹴倒して縄を打った。
麟太郎は、刀を一振りして鞘《さや》に納めた。
「梶原さん、辰五郎の親分、助かりました」
麟太郎は、梶原と辰五郎に頭を下げた。
「なあに、礼には及ばない……」
梶原は苦笑し、長脇差を手にして立ち尽している平七を振り返った。

平七は逃げなかった。

「平七……」

麟太郎は、立ち尽している平七に近付いた。

梶原、辰五郎、亀吉は見守った。

平七は、長脇差を地面に突き刺し、その場に座り込んだ。

「平七……」

麟太郎は微笑んだ。

陽差しは埋立地に溢れ、新田の緑を煌《きら》めかせた。


「そうか、平七はお縄になったか……」

根岸肥前守は、内与力の正木平九郎の報せに頷いた。

「はい。麟太郎どののお力添えで……」

「なに、絵草紙の題材探しの序でだろう……」

肥前守は苦笑し、平九郎に話の先を促した。

「はい。平七が六年前の白崎英之助殺しの裏にあるものを、茶道具屋香風堂主の喜平と共にすべて白状しました」

「して……」

「某《それがし》の見た処、原因は白崎英之助の強請集りの外道の所業、非は白崎にあり、此度の実の兄黒井伝兵衛の企みは、そうした事への口封じも含んでいるかと存じます」

平九郎は告げた。

「非は白崎英之助にあるか……」

「間違いありませぬ……」

平九郎は頷いた。

「そして、平七は六年間、諸国を逃げ廻っていたか……」

「はい。おくみと香風堂を面倒に巻き込みたくない一心で……」

「ならば、仕置は……」

「江戸払いで充分かと存じます」

平九郎は、肥前守に進言した。

「うむ。それで良い……」

肥前守は頷いた。

茶道具屋『香風堂』の娘おくみが、向島に新築された寮に移る日が来た。

大旦那の喜平と番頭の彦造は、おくみを屋根船で移す事にした。

屋根船は、浜町堀に架かる汐見橋の船着場に船縁《ふなべり》を寄せた。

おくみは、彦造とお付きの女中や老下男に付き添われ、父親の喜平や弟の房吉、奉公人たちに見送られて屋根船に乗り込んだ。

屋根船には、二人の船頭と警護《けいご》の侍が乗っていた。

警護の侍は、麟太郎だった。

「それじゃあ、船を出しますぜ」

菅笠《すげがさ》を被った船頭が告げ、屋根船は浜町堀を大川に向かって進んだ。

喜平と房吉、奉公人たちは見送った。


屋根船は浜町堀から大川に差し掛かった。

おくみは、女中と共に障子の内にいた。

女中は、番頭の彦造に呼ばれて障子の外に出て行った。

おくみは障子の内に一人残った。

「お嬢さん、大川に出ると少し揺れます。御気分が悪くなったら直ぐにお報せ下さい」

障子の外から懐かしい声がした。

おくみは、慌てて障子を開けた。

船縁に菅笠を被った船頭がしゃがんでいた。

「へ、平七さん……」

おくみは、小さな声を震わせた。

「はい……」

船頭は菅笠を取った。

平七だった。

「平七さん……」

おくみの眼に涙が溢れた。

「お嬢さん……」

平七は微笑んだ。

おくみと平七は手を取り合い、言葉もなく見詰め合った。

彦造は鼻水を啜った。

「良かったな……」

麟太郎は笑った。

「はい……」

「平七は江戸払い、江戸に住む事は出来ぬが、来る事は出来る。おくみの身体が丈夫になったら、平七の許にやるのだな」

「はい。大旦那さまもそう申しております」

「そうか、それで平七の六年間も報われる」

「はい。屋根船での家移りを始めとした何もかも、麟太郎さまのお陰にございます」

彦造は、おくみの屋根船での家移りを云い出した麟太郎に頭を下げた。

「いや。礼を云うなら、南町奉行所のみんなに云うのだな……」

「はい……」

彦造は頷いた。

平七とおくみは、未だ手を取り合っていた。

根岸肥前守もやるもんだ……。

麟太郎は、平七を江戸払いとした根岸肥前守の老練さに感心した。

屋根船は進んだ。

大川の流れは続き、爽やかな風が心地好く吹き抜けていた。

第二話　絵草紙《えぞうし》

一

浜町堀《はまちょうぼり》の流れに映える月影は、三味線の爪弾《つまび》きの洩《も》れる屋根船の舳先《へさき》に揺れて散った。

亥《い》の刻《こく》四つ（午後十時）を報《しら》せる鐘の音が遠くから微《かす》かに響いた。

町木戸を閉める刻限だ。

通りを行く者は足取りを速めた。

戯作者《げさくしゃ》の青山麟太郎は、両国《りょうごく》広小路の場末の飲み屋で友人と酒を飲み、浜町堀に帰って来た。

浜町堀に架かっている汐見橋《しおみばし》を渡り、元浜町に入った。

元浜町の裏通りに閻魔堂《えんまどう》があり、その奥の閻魔長屋に戯作者青山麟太郎の家はあった。

麟太郎は、閻魔堂に差し掛かった。

閻魔堂の暗がりが微かに揺れた。

麟太郎は立ち止まり、暗がりを透かし見た。

閻魔堂の陰の暗がりに、塗笠《ぬりがさ》を被《かぶ》った着流しの武士の姿が見えた。

「何者だ……」

「戯作者の閻魔堂赤鬼《あかおに》とはお前か……」

塗笠を被った着流しの武士が、閻魔堂の暗がりから現れた。

「ああ。そうだが、何か用か……」

麟太郎は、それとなく身構えた。

「つまらぬ絵草紙《えぞうし》を書きおって……」

「絵草紙……」

麟太郎は眉をひそめた。

「そのお陰で迷惑を蒙《こうむ》っている者がいる……」

「迷惑……」

「ああ……」

「どの絵草紙の話が迷惑を掛けたのだ……」

「黙れ」

着流しの武士は踏み込み、麟太郎に抜き打ちの一刀を放った。

麟太郎は咄嗟《とっさ》に躱《かわ》した。だが、左腕の肩口が斬られて血が飛んだ。

かなりの遣い手……。

麟太郎は身構えた。

「死んで貰《もら》う……」

着流しの武士は、僅《わず》かに血の付いた刀を構えて麟太郎に迫った。

「おのれ。調子に乗りやがって……」

麟太郎は、怒声をあげて刀の鯉口《こいぐち》を切った。

「何だ……」

「どうした……」

「喧嘩《けんか》か……」

閻魔長屋の家々の腰高障子《こしだかしょうじ》が開き、住人たちが出て来た。

着流しの武士は、舌打ちをして裏通りを逃げ去った。

麟太郎は、逃げる着流しの武士を見送った。

「あれ、麟太郎さんじゃありませんかい……」

大工の梅次《うめじ》と人足の貞吉《さだきち》が、心張棒《しんばりぼう》を持って閻魔長屋の木戸から出て来た。

「やあ。梅さん、貞さん、助かったよ」

麟太郎は、梅次と貞吉に笑い掛けた。

行燈《あんどん》の火は狭い部屋を照らした。

左腕の肩口の傷は浅手だったが、酒は痛い程に染みた。

麟太郎は、血の止まった傷口を酒で綺麗に洗って手当てをした。

塗笠を被った着流しの武士は何者なのか……。

俺の書いた絵草紙で迷惑を蒙った者とは誰なのだ。そして、どの絵草紙がどんな迷惑を掛けたと云《い》うのだ。

麟太郎は、傷の手当てをしながら想いを巡らせた。

だが、どの絵草紙が誰にどんな迷惑を掛けたのか心当たりはなかった。

どの絵草紙だ……。

麟太郎は、今迄《まで》に書いて来た絵草紙の話を思い浮かべた。

行燈の火は小刻みに揺れた。

翌朝、麟太郎はおかみさんたちの洗濯が終ったのを見計らい、井戸端で顔を洗った。
左腕の肩口の傷は僅かに痛んだ。
麟太郎は、顔を洗いながら木戸口を窺《うかが》った。
木戸口に潜む者はいない……。
麟太郎は見定めた。
着替えた麟太郎は、閻魔長屋の木戸口から閻魔堂を窺った。
閻魔堂の前には誰もいなかった。
麟太郎は見定め、閻魔堂の前に進んで手を合わせた。
よし。もしいたら取り押えてどの絵草紙が誰にどんな迷惑を掛けたか吐かせる……。

麟太郎は決め、素早く振り返って裏通りを鋭く見廻した。
裏通りを行き交う人や佇《たたず》む人の中に、塗笠を被った着流しの武士はいなかった。
何だ。いないのか……。
麟太郎は拍子抜けした。そして、再び塗笠に着流しの武士を捜した。

塗笠に着流しの武士は、やはり何処《どこ》にもいなかった。

麟太郎は、僅かな落胆を覚えながら浜町堀に向かった。

浜町堀の流れは煌《きら》めき、堀端には様々な人が行き交っていた。

麟太郎は、辺りに塗笠に着流しの武士を捜しながら通油町《とおりあぶらちょう》の地本《じほん》問屋『蔦屋《つたや》』に向かった。

地本問屋『蔦屋』は、店先に様々な絵草紙や錦絵を平積みして客を待っていた。

「邪魔するよ」

麟太郎は、『蔦屋』の暖簾《のれん》を潜《くぐ》った。

「此《これ》は閻魔堂の赤鬼先生……」

番頭の幸兵衛は、帳場を出て愛想良く麟太郎を迎えた。

「やあ。番頭さん……」

「中々の売れ行きですよ。新作の恋の道行修羅《しゅら》の舞……」

「そいつは良かった」

麟太郎は、幸兵衛の愛想の良さの理由を知った。

「ええ。この調子で次も頼みますよ」

幸兵衛は笑った。

新作の絵草紙『恋の道行修羅の舞』は、戯作者閻魔堂赤鬼が書いた絵草紙で初めて追刷《おいず》りになったのだ。

「ええ。任せて下さい。処《ところ》で番頭さん、閻魔堂赤鬼について尋ねて来た者はいませんか……」

麟太郎は訊いた。

「閻魔堂赤鬼について尋ねて来た者ですか……」

番頭は眉をひそめた。

「うん……」

閻魔堂赤鬼の絵草紙の殆《ほとん》どは、地本問屋の『蔦屋』から出されている。

塗笠に着流しの武士は、閻魔堂赤鬼の素性を追って版元である地本問屋『蔦屋』に来ていても不思議はない。

麟太郎はそう読み、地本問屋『蔦屋』に来たのだ。

「さあ、手前は知りませんねえ……」

幸兵衛は首を捻《ひね》った。

「店のみんなも知らないかな……」

地本問屋『蔦屋』には、番頭の幸兵衛の他に二人の手代と二人の小僧がいる。

「ちょいとお待ち下さい……」

幸兵衛は、手代と小僧たちを呼び、戯作者閻魔堂赤鬼について尋ねて来た者がいないかどうか問い質《ただ》した。

手代と小僧たちは、知らないと首を横に振った。

「そうか、知らないか……」

麟太郎は落胆した。

「あら、来ていたんですか……」

『蔦屋』の二代目主《あるじ》のお蔦が、奥の母屋から店に出て来た。

「やあ。邪魔している……」

「どうかしたの……」

お蔦は、落胆している麟太郎に気が付いた。

「うむ。実はな、みんな。昨夜、閻魔堂の前で塗笠を被った着流しの侍に襲われてな……」

麟太郎は、お蔦、幸兵衛、手代や小僧に声をひそめて告げた。

「えっ。襲われたって、怪我は……」

お蔦と幸兵衛は驚き、手代や小僧は恐ろしげに顔を見合わせた。

「左の肩口をな……」

麟太郎は、左肩を見せた。

着物の左肩が斬られ、下に晒《さら》しが見えた。

「大丈夫なんですか……」

お蔦は心配した。

「心配するな。浅手だ……」

麟太郎は笑った。

「それなら良いんですが、どうして……」

お蔦は眉をひそめた。

「それなんだがな、閻魔堂赤鬼の書いたつまらぬ絵草紙で迷惑を蒙っている者がいると云ってな、斬り掛かって来た……」

麟太郎は告げた。

「閻魔堂赤鬼の書いたつまらぬ絵草紙で迷惑を蒙った……」

「うむ……」

「じゃあ、そのつまらぬ絵草紙がどんな迷惑を掛けたって云うの……」

「そいつが分らない……」

「分らない……」

「うん……」

麟太郎は頷《うなず》いた。

「そいつはきっと新作の恋の道行修羅の舞ですよ」

幸兵衛は睨《にら》んだ。

「あら、どうしてよ」

「だってお嬢さん、閻魔堂赤鬼先生のそれ迄の絵草紙で満足に売れたものはありませんし、世間の評判にもなっちゃあいません。ですから、恋の道行修羅の舞しかありませんよ」

幸兵衛は、遠慮なく自分の睨みを告げた。

「そうかな……」

麟太郎は、不服げに首を捻った。

「そうね。前に書いた絵草紙に迷惑を蒙ったと云うなら、とっくに襲われていても良い筈《はず》だものね……」

お蔦は、幸兵衛の睨みに感心した。

「ええ……」

幸兵衛は、得意気に頷いた。

「ねっ、麟太郎さん……」

「う、うん……」

麟太郎は釈然としない面持ちで頷いた。

お蔦と幸兵衛の睨みは、おそらく正しいのだ。

塗笠に着流しの武士は、閻魔堂赤鬼の最新作で漸《ようや》く売れた『恋の道行修羅の舞』を、つまらぬ絵草紙で迷惑を蒙ったと云って来たのだ。

「でも、恋の道行修羅の舞の何が迷惑を掛けたのかしらね」

お蔦は首を捻った。

「うむ……」

「闇討ちを仕掛けるぐらいだから、かなりの大迷惑よね。うん……」

お蔦は、自分の睨みに大きく頷いた。

麟太郎の腹が鳴った。

「あら、朝御飯、食べていないの……」

「ああ。未《ま》だだ……」

「じゃあ、みんなの残りだけど、食べる」

お蔦は、麟太郎の顔を覗《のぞ》き込んだ。

「ありがたい……」

麟太郎は、嬉しげに笑った。

湯呑茶碗に注がれた茶は、湯気を立ち昇らせた。

「はい。どうぞ……」

お蔦は、飯を食べ終えた麟太郎に茶を差し出した。

「忝《かたじけな》い……」

麟太郎は、茶を飲んで小さな息を吐いた。

「それで麟太郎さん、恋の道行修羅の舞、何処かで本当にあった手本話なの……」

お蔦は眉をひそめた。

「いや。俺が考えた創《つく》り話だ」

「じゃあ、誰かを当てて書いているんじゃあないのね……」

「うん……」

絵草紙『恋の道行修羅の舞』は、大身《たいしん》旗本家の家来が己の許嫁《いいなずけ》に懸想した主に深手を負わせる。そして、許嫁と共に逐電し、追って来る討手と闘いながら恋の道行をする物語である。

「そうよね。良くある話で、取り立てて目新しい筋書きじゃあないものね」

お蔦は軽く云い放った。

「う、うん。まあ、そうだが……」

麟太郎は不服げに頷いた。

「じゃあ、登場人物の悪旗本の名前が一緒だとか……」

「主人公の家来の名は望月隼人《もちづきはやと》、許嫁は小百合《さゆり》、悪旗本は北本大膳《きたもとだいぜん》。此も取り立てて変わった名前じゃあないし、誰かに迷惑を掛けているつもりもない……」

「でも、取り立てて変わった名前じゃあないから、同姓同名の人がいたのかもしれないわよ」

お蔦は睨んだ。

「そりゃあ、そうだが……」

「恋の道行修羅の舞は、望月隼人と小百合が向島《むこうじま》に逃れた処で終っているのよね」

「ああ。じゃあ、俺を襲った塗笠を被った着流しの武士は、恋の道行修羅の舞の悪旗本の北本大膳側にいて極悪非道に書かれたのを怒っての所業か、惑いは望月隼人と小百合の側にいる奴で向島に逃げたと書かれたのを恨んでの事かもしれぬな……」

麟太郎は読んだ。

「ええ、とにかく何か拘《かかわ》りがある人に間違いない筈よ。うん……」

お蔦は、己の読みに頷いた。

「悪旗本の北本大膳、家来の望月隼人に許嫁の小百合か。よし、先《ま》ずは北本大膳って旗本が本当にいるかどうかだ……」

麟太郎は、閻魔堂赤鬼に対する闇討ちと絵草紙『恋の道行修羅の舞』が拘りあるかどうか調べる事にした。


神田《かんだ》八ツ小路は神田川の傍《そば》にあり、多くの人が行き交っていた。

麟太郎は、八ツ小路の傍の神田連雀《れんじやくちよう》町にある岡《おか》っ引《ぴき》、連雀町の辰五郎の家を訪れた。

辰五郎と下《した》っ引《ぴき》の亀吉は、訪れた麟太郎を歓迎した。

「さあて、どうかしましたか……」

辰五郎は、麟太郎が遊びに来た訳ではなく、何か用があって訪れたと睨んだ。

「そいつが、ちょいと訊《き》きたい事がありましてね……」

「ほう。何ですか……」

「旗本に北本大膳と云う奴がいるかどうか分りますか……」

麟太郎は尋ねた。

「旗本の北本大膳……」

「はい……」

「さあて、あっしたちは岡っ引、御直参《ごじきさん》の事はねえ……」

辰五郎は眉をひそめた。

「そうですか……」

麟太郎は落胆した。

「麟太郎さん、その旗本の北本大膳、どうかしたんですかい。どうぞ……」

亀吉は、淹《い》れた茶を麟太郎に差し出した。

「忝い……」

麟太郎は茶を飲んだ。

辰五郎と亀吉は、麟太郎の言葉を待った。

「親分、亀さん。昨夜、閻魔堂赤鬼が塗笠を被った着流しの武士に襲われてね……」

「何ですって……」

亀吉は驚いた。

「麟太郎さん、仔細を話して貰えますか……」

辰五郎は、麟太郎に笑い掛けた。

「はい……」

麟太郎は、事の次第を辰五郎と亀吉に話し始めた。

亀吉は、麟太郎の茶を淹れ替えた。

麟太郎は、話を終えて新しい茶を飲んだ。

「それで、旗本の北本大膳ですか……」

辰五郎は眉をひそめた。

「ええ……」

「分りました。梶原の旦那に訊いてみましょう……」

辰五郎は、麟太郎の頼みを引き受けた。

「それにしても麟太郎さん、折角売れている恋の道行修羅の舞に何だかけちが付きましたね」

亀吉は、麟太郎に同情した。

「ええ。まったくです……」

麟太郎は苦笑した。


南町奉行所は、外濠《そとぼり》に架かっている数寄屋橋《すきやばし》御門内にある。

麟太郎と亀吉は、表門脇の腰掛で辰五郎が戻って来るのを待った。

辰五郎は、南町奉行所臨時廻り同心の梶原八兵衛のいる同心詰所を訪れていた。

四半刻《しはんとき》(約三十分)が過ぎた。

麟太郎と亀吉は待った。

辰五郎が腰掛に戻って来た。

「どうでした……」

麟太郎は、立ち上がって辰五郎を迎えた。

「いましたよ、北本大膳さま……」

辰五郎は笑った。

「いましたか……」

麟太郎は、緊張を滲《にじ》ませた。

「はい。北本大膳さま、二千石取りの直参旗本でお屋敷は駿河台《するがだい》は水道橋《すいどうばし》の近くです」

辰五郎は告げた。

「分りました。じゃあ、ちょいと行ってみます」

「あっしたちも行きますよ」

「そうですか。じゃあ……」

麟太郎は、辰五郎や亀吉と駿河台に急いだ。

梶原八兵衛が同心詰所から現れ、南町奉行所から出て行く麟太郎たちを見送った。

「梶原……」

内与力《うちよりき》の正木平九郎が出て来た。

「此は正木さま……」

「今、出て行ったのは、青山麟太郎どのではないのか……」

平九郎は眉をひそめた。

南町奉行根岸肥前守《ひぜんのかみ》の役宅は、南町奉行所の棟《むね》続きにある。

正木平九郎は、根岸肥前守の許《もと》に伺候した。

「どうした……」

「はい。麟太郎どの、いえ、戯作者の閻魔堂赤鬼が昨夜、得体の知れぬ武士の闇討ちに遭ったそうにございます」

「闇討ち……」

肥前守は眉をひそめた。

「はい。掠《かす》り傷で済んだそうですが……」

「閻魔堂赤鬼、何故《なにゆえ》に闇討ちなど……」

「それが、書いた絵草紙に拘りがあるかもしれないそうです」

「絵草紙……」

「はい。恋の道行修羅の舞と云う絵草紙でして、物語に北本大膳と申す極悪非道の旗本が出て来るそうです……」

「その極悪非道の旗本北本大膳、まさか本当にいたのではあるまいな……」

「仰《おお》せの通り、おりました」

「ならば、その北本大膳が怒り、闇討ちを……」

肥前守は読んだ。

「麟太郎どの、どうやらそれを見定めようとしているようです」

「絵草紙に書いた極悪非道の旗本と同じ名の者がいたか……」

肥前守は厳しさを滲ませた。

二

御曲輪内《おくるわうち》大名小路には、大名家の江戸上屋敷が連なっていた。

麟太郎は、辰五郎や亀吉と大名小路を北に進み、評定所《ひょうじょうしょ》の手前を西に曲がって辰《たつ》ノ口《くち》から外濠に架かる神田橋御門に向かった。

神田橋御門を渡ると駿河台の武家屋敷街が広がっていた。

麟太郎、辰五郎、亀吉は、錦小路《にしきこうじ》から表猿楽町《おもてさるがくちょう》に進んだ。

「此の辺りだと思うんですがね……」

連雀町の辰五郎は、連なる武家屋敷を見廻した。

「ちょいと訊いて来ます」

亀吉は、離れた武家屋敷の前を掃除している中間《ちゅうげん》に駆け寄った。

「此の先が神田川ですか……」

麟太郎は北を眺めた。

「ええ。水道橋ですよ」

辰五郎は頷いた。

「分りましたぜ……」

亀吉が駆け戻って来た。

「何処だ……」

「あのお屋敷です……」

亀吉は、一軒の旗本屋敷を指差した。

麟太郎と辰五郎は、亀吉の示した旗本屋敷に近寄った。

「此処《こ こ》が北本大膳の屋敷か……」

麟太郎は、己が書いた絵草紙に登場する極悪非道の北本大膳と同じ名の旗本の屋敷を眺めた。

「ええ。中間、北本大膳さまの名を出したら、何だか馬鹿にしたように笑っていましたよ」

亀吉は笑った。

「ひょっとしたら、閻魔堂赤鬼先生の絵草紙を読んでいるかもしれないな……」

辰五郎は睨んだ。

「貸本から此の界隈の奉公人に広まったのかも……」

麟太郎は読んだ。

「ええ。とにかく北本大膳さま、どんな旗本か聞き込みを掛けてみますか……」

辰五郎は告げた。

「はい……」

麟太郎は頷いた。

地本問屋『蔦屋』は、絵草紙『恋の道行修羅の舞』を買う客や役者絵を選ぶ娘たちで賑《にぎ》わっていた。

塗笠を被った着流しの武士は、通油町の連なる店の軒下に佇み、地本問屋『蔦屋』を窺っていた。

戯作者の閻魔堂赤鬼は来ていないのか……。

塗笠を被った着流しの武士は、麟太郎を捜して閻魔長屋から地本問屋『蔦屋』に来ていた。

「お嬢さん……」

番頭の幸兵衛は、母屋の居間にいるお蔦の許に来た。

「どうしたの、幸兵衛さん……」

「表に塗笠を被った着流しのお侍がいるんですよ」

幸兵衛は、厳しい面持ちで告げた。

「塗笠を被った着流しのお侍って、まさか昨夜、麟太郎さんを襲った……」

お蔦は眉をひそめた。

「きっと……」

幸兵衛は頷いた。

「店の表にいるのね。着流しの侍……」

お蔦は立ち上がった。

裏口から出たお蔦は、裏路地を迂回して地本問屋『蔦屋』から離れた処に出た。そして、地本問屋『蔦屋』の前を窺った。

地本問屋『蔦屋』の斜向《はすむか》いの店の軒下には、塗笠を被った着流しの侍が佇んでいた。

あの侍だ……。

お蔦は、塗笠を被った着流しの侍を見詰めた。

塗笠を被った着流しの侍は、閻魔堂赤鬼こと青山麟太郎が店に来ているかどうか見に来ているのだ。

お蔦は読んだ。

塗笠を被った着流しの侍は、地本問屋『蔦屋』の小僧を呼び止めて何事かを尋ねた。

小僧は、怯《おび》えたように首を横に振った。

塗笠を被った着流しの侍は、地本問屋『蔦屋』の前から通油町の通りを両国広小路に向かった。

どうしよう……。

お蔦は、追うかどうか迷った。

だが、迷いは短かった。

お蔦は、塗笠を被った着流しの侍を追うと決めた。

「あっ、お嬢さま……」

小僧がお蔦に気が付いた。

「あいつ、何だって……」

お蔦は、立ち去って行く塗笠を被った着流しの侍を示した。

「閻魔堂赤鬼が店に来ているかと……」

「で、何て云ったの……」

「来ていないと……」

「上出来よ……」

お蔦は小僧を褒め、塗笠を被った着流しの侍を追った。

塗笠を被った着流しの侍は、落ち着いた足取りで両国広小路に進んでいた。

行き先を見定めて、何処の誰か突き止めてやる……。

お蔦は、塗笠を被った着流しの侍を追った。


神田川の流れは煌めいていた。

麟太郎、辰五郎、亀吉は、神田川に架かっている水道橋の袂《たもと》にいた。

「いやあ、驚きましたね」

辰五郎は苦笑した。

「ええ。旗本の北本大膳、御役目に就いていた時は賄賂《わいろ》ばかり取り、家来や奉公人たちを人とも思えぬ酷《ひど》い扱いをし、昔は些細な事で奉公人を手討にした事もあるか

「……」

鱗太郎は眉をひそめた。

「閻魔堂赤鬼先生の恋の道行修羅の舞に出て来る北本大膳の人柄とそっくりですね」

亀吉は呆《あき》れた。

「鱗太郎さん、まさか北本大膳を手本にして書いたんじゃあないでしょうね」

辰五郎は念を入れた。

「冗談じゃありません。俺が適当に考えた名前と人柄ですよ」

「じゃあ、偶々《たまたま》ですか……」

「そうです。世間によくいる悪旗本の見本の一つですよ……」

鱗太郎は、困惑を浮かべて頷いた。

「世の中には思いも寄らない事があるもんですね」

亀吉は感心した。

「ええ……」

鱗太郎は頷いた。

「思いも寄らぬ事は、北村大膳さまが、家来の御新造さんを手込めにしようとして、その家来に斬られ、家来と御新造さんが逃げたって噂も、赤鬼先生の絵草紙の筋書にそっくりなのもだ……」

辰五郎は、厳しさを過《よ》ぎらせた。

「ええ。恋の道行修羅の舞の筋書は、良くある話ですし、決して珍しいものじゃありませんからね」

麟太郎は苦笑した。

「ま、その噂が本当なのかどうかと、逃げた家来がいるとしたら、何て名前で今、どうしているのかですか……」

辰五郎は告げた。

「はい。その辺の処を詳しく探ってみます」

麟太郎は頷いた。

「じゃあ、亀吉、麟太郎さんと一緒にな」

「はい……」

「俺は元浜町や辺りの町の木戸番に、昨夜遅く塗笠に着流しの侍を見掛けなかったか、訊いてみるぜ。じゃあ……」

辰五郎は、麟太郎と亀吉を残して神田川沿いの道に立ち去った。

「さあて、誰に聞き込みを掛けますかね……」

亀吉は、北本屋敷を眺めた。

「出来るものなら、北本屋敷の奉公人が良いですね」

麟太郎は笑った。

塗笠を被った着流しの侍は、神田川に架かっている浅草御門を渡り、蔵前《くらまえ》の通りに出た。

お蔦が追って浅草御門から現れた。

塗笠を被った着流しの侍は、落ち着いた足取りで蔵前の通りを浅草に向かっていた。

お蔦は尾行《つけ》た。

素性と行き先を突き止めてやる……。

お蔦は、塗笠を被った着流しの侍の後ろ姿を睨み付けて追った。

通油町の通りは、外濠に架かる常盤橋《ときわばし》御門前と両国広小路を結んでおり、多くの人が行き交っていた。

辰五郎は、通油町の木戸番を訪れた。

「昨日の夜遅く、塗笠を被った着流しの侍ですか……」

老木戸番は、辰五郎に茶を差し出した。

「ええ。見掛けませんでしたかい……」

「昨日の夜遅くねえ、見掛けなかったが……」

老木戸番は、両国広小路の方を見ながら首を捻った。

「どうかしましたか……」

辰五郎は、老木戸番の様子が気になった。

「えっ。いえね。塗笠に着流しの侍、さっき見掛けましてね」

「さっき見掛けた……」

辰五郎は、思わず訊き返した。

「ええ。両国広小路の方に行きましてね……」

「両国広小路にねえ……」

辰五郎は、老木戸番が覚えているのに微かな戸惑いを覚えた。

「ええ。で、蔦屋のお蔦さんが追い掛けるように続いて行きましてね」

「蔦屋のお蔦さんが……」

辰五郎は眉をひそめた。

地本問屋『蔦屋』の女主のお蔦は、麟太郎を通じた知り合いだ。

「ええ、それで覚えているんですがね……」

「父《と》っつあん、塗笠を被った着流しの侍が両国広小路の方に行き、お蔦さんが追って行ったんだね」

辰五郎は念を押した。

「ええ。そいつが親分の云っている塗笠の着流し侍かどうかは分りませんがね」

「いや。きっとそうだろう。邪魔したね」

辰五郎は、両国広小路に急いだ。

地本問屋『蔦屋』のお蔦は、麟太郎に闇討ちを仕掛けた塗笠を被った着流しの侍を見付け、後を追っているのかもしれない。

危ない真似だ……。

辰五郎は、両国広小路に急いだ。

北本大膳は二千石取りの旗本であり、家来と中間小者《こもの》などで四十人程の奉公人がいる。

麟太郎と亀吉は、家来や中間小者の中に聞き込みの出来る相手を捜した。だが、聞き込みが出来ると思える相手は、中々見付ける事が出来なかった。

北本屋敷の裏門から中年の家来が出て来た。

中年の家来は、大欠伸《おおあくび》をしながら背伸びをし、神田川に架かる水道橋に向かった。

「北本家の家中の綱紀《こうき》、かなり緩んでいるようですね」

麟太郎は睨んだ。

「ええ。殿さまが殿さまですからね。ちょいと追ってみますか……」

亀吉は苦笑した。

「心得た……」

麟太郎は頷き、亀吉と中年の家来を追った。

神田川は煌めいていた。

中年の家来は、水道橋を渡って神田川沿いの道を昌平橋《しょうへいばし》に向かった。

麟太郎と亀吉は追った。

「何処に行くんですかね……」

「さあ……」

中年の家来は擦《す》れ違う女を振り返り、その足取りに宛はないようだ。

「何処に行くのか、決めちゃあいないようですね」

麟太郎は睨み、亀吉と共に中年の家来を追った。


両国広小路には見世物小屋や露店が連なり、大勢の遊び客で賑わっていた。

辰五郎は、人混みに塗笠を被った着流しの侍とお蔦を捜した。だが、二人を見付ける事は出来なかった。

二人は、既に両国広小路から立ち去ったのかもしれない。

大川に架かる両国橋を渡って本所《ほんじょ》に行ったのか、それとも神田川に架かっている浅草御門を渡って浅草に向かったか……。

辰五郎は、どちらに行くか迷った。

だが、迷いは一瞬だった。

辰五郎は、浅草御門に走った。


金龍山浅草寺《きんりゅうざんせんそうじ》の境内《けいだい》は、訪れた参拝客で賑わっていた。

塗笠を被った着流しの侍は、境内の茶店で茶を飲んでいた。

お蔦は、行き交う人越しに塗笠を被った着流しの侍を見張った。

僅かな刻が過ぎた。
塗笠を被った着流しの侍は、茶店を出て東門に向かった。
よし……。
お蔦は追った。

隅田川《すみだがわ》には様々な船が行き交っていた。
塗笠を被った着流しの侍は、浅草寺の東門を出て隅田川沿いに出た。
お蔦は尾行した。
塗笠を被った着流しの侍は佇み、隅田川の流れを眺めた。
お蔦は窺った。
次の瞬間、塗笠を被った着流しの侍は、振り返った。
「あっ……」
お蔦は、隠れる間もなく凍て付《いつ》いた。
「私に何か用か……」
塗笠を被った着流しの侍は、お蔦を見据えてゆっくりと近寄った。
お蔦は後退《あとずさ》りした。

塗笠を被った着流しの侍は、厳しい面持ちでお蔦に迫った。

「た、助けて、人殺し、助けて……」

お蔦は、金切り声をあげた。

塗笠を被った着流しの侍は立ち止まった。

「人殺し、誰か、助けて……」

お蔦は叫び廻った。

塗笠を被った着流しの侍は、苦笑して踵《きびす》を返した。

「お蔦さん……」

岡っ引の連雀町の辰五郎が駆け寄って来た。

「お、親分……」

お蔦は、安堵と嬉しさにその場に座り込んだ。

「お蔦さん、塗笠を被った着流しの侍は……」

辰五郎は尋ねた。

「あっち、今戸町《いまどちよう》の方に……」

お蔦は、今戸町の方を指差した。

「よし。お蔦さん、後は引き受けた。早く蔦屋に帰るんだぜ」

辰五郎は、お蔦に言い残して隅田川沿いの道を今戸町に急いだ。

塗笠を被った着流しの侍は、山谷堀《さんやぼり》に架かっている今戸橋を渡って今戸町に入った。そして、今戸町にある古寺の山門を潜った。

辰五郎は、物陰から見届けた。

古寺の山門には、『萬成寺《まんせいじ》』と墨の薄れた扁額《へんがく》が掲げられていた。

「萬成寺か……」

辰五郎は、山門の陰から境内を窺った。

狭い境内に、塗笠を被った着流しの侍の姿はなかった。

萬成寺の庫裏《くり》を訪れたのか……。

辰五郎は、境内の奥の庫裏を眺めた。

庫裏の腰高障子が開き、塗笠を取った着流しの侍が大根や小松菜などを持って出て来た。

辰五郎は、山門に隠れて見守った。

着流しの侍は、大根や小松菜を持って本堂の裏手に入って行った。

辰五郎は見送った。

大根に小松菜……。

おそらく本堂の裏には家作《かさく》があり、着流しの侍が暮らしているのだ。

辰五郎は睨み、見定める事にした。


日は大きく西に傾いた。

神田明神門前町《みょうじんもんぜんちょう》の盛り場の片隅にある一膳飯屋に客は少なかった。

北本家家中の中年の武士は、一膳飯屋に入って酒を飲んでいた。

麟太郎と亀吉は、飯を食べながら酒を飲む中年の武士を見守った。

「主持ちの身で日が落ちる前から酒とは、かなりの酒好きですね」

亀吉は眉をひそめた。

「ええ。酔わせてやりますか……」

麟太郎は苦笑した。

「良いですね……」

亀吉は頷き、店の亭主に酒を頼んだ。

中年の武士は、徳利一本の酒を嘗《な》めるように楽しみ、最後の一滴を飲み干した。

「やあ。良ければ一献如何《いっこんいかが》かな……」

麟太郎は、中年の武士の傍に座って徳利を差し出した。

「此は此は忝い……」

中年の武士は、何の警戒心も見せず、嬉しげに猪口《ちょこ》を差し出した。

麟太郎は、中年の武士の猪口に酒を満たしてやった。

「戴《いただ》く……」

中年の武士は酒を飲んだ。

麟太郎も手酌《てじゃく》で飲んだ。

「美味《うま》い。昼酒は何とも云えませんな」

麟太郎は笑い、中年の武士に酒を注いだ。

「如何《いか》にも……」

中年の武士は、酒に遠慮がなかった。

麟太郎と中年の武士は酒を飲んだ。

「私は青山麟太郎、御貴殿は……」

「私か、私は桑原秀一郎《くわはらしゅういちろう》……」

中年の武士は名乗った。

「桑原秀一郎どのか……」

「左様……」

「桑原どのは、今いろいろ噂の旗本北本大膳さまの御家中ですな……」

「えっ……」

桑原は、口元で止めた猪口から酒を零《こぼ》した。

「ま、どうぞ……」

麟太郎は、桑原に酒を勧めた。

「う、うむ……」

桑原は、覚悟を決めたように麟太郎の酌を受けた。

「桑原どの、噂じゃあ、北本大膳さまはかつて家来の妻に懸想し、手込めにしようとして斬られ、家来は妻を連れて逐電したと聞いたが、そいつは本当の事ですか……」

「ああ……」

桑原は、猪口の酒を飲み干して頷いた。

「やはり本当でしたか……」

噂は本当であり、『恋の道行修羅の舞』の筋書と同じだった。

「して、その北本大膳さまを斬って逐電した家来と妻の名は……」

麟太郎は、桑原に酒を飲ませた。

「島崎祐馬《しまざきたくま》とお由衣《ゆい》どのだ……」

桑原は、酒を飲み続けた。

「島崎祐馬どのとお由衣さんか……」

麟太郎は、北本大膳に妻を手込めにされそうになって斬り、逐電した家来夫婦の名を知った。

逐電した家来夫婦の名前は、流石《さすが》に絵草紙『恋の道行修羅の舞』の登場人物である望月隼人と小百合ではなかった。

「して今、その島崎祐馬どのとお由衣さんは、何処にいるのか……」

「討手が捜しているようだが、未だに分らぬらしい……」

桑原の呂律《ろれつ》は、酔いに乱れ始めた。

「そうか……」

麟太郎は、桑原に酒を飲ませ続けた。

今戸町の古寺『萬成寺』の本堂の裏には小さな家作があり、浪人が暮らしていた。

浪人は三枝又四郎《さえぐさまたしろう》と云う名であり、去年から家作を借りていた。

連雀町の辰五郎は、近隣の寺の者や出入りの商人に聞き込みを掛けて塗笠を被った着流しの侍の名を割り出した。

だが、浪人の三枝又四郎が麟太郎に闇討ちを仕掛けた者であり、絵草紙『恋の道行修羅の舞』の登場人物と思われる者と拘りがあるかどうかは、判然としなかった。

隅田川の流れには夕陽が映えた。

今日は此迄だ……。

辰五郎は、浅草今戸町を後にした。

三

去年、旗本北本大膳は、家来の島崎祐馬の妻の由衣を手込めにしようとした。だが、夫である島崎祐馬が駆け付け、北本大膳に深手を負わせて由衣を連れて逐電した。

北本大膳は激怒し、島崎と由衣に討手を掛けた。だが、島崎と由衣の行方は知れず、一件は次第に有耶無耶《うやむや》になっていた。

そして、一年後の先月、地本問屋『蔦屋』から絵草紙『恋の道行修羅の舞』が出版された。

驚いた事に、絵草紙『恋の道行修羅の舞』の筋書と敵役《かたき》の極悪非道の旗本の名が同じだったのだ。

旗本北本大膳の名と家来の島崎夫婦への非道な仕打ちは、絵草紙『恋の道行修羅の舞』を通じて世間に知れ渡った。

冷めた熱《ほとぼり》は蘇《よみがえ》った。

旗本北本大膳は極悪非道の外道《げどう》と囁《ささや》かれて怒り、隠れ住んでいる島崎夫婦は戸惑い焦ったのに違いない。

麟太郎に闇討ちを仕掛けた塗笠を被った着流しの浪人は、北本大膳の命を受けての者なのか、それとも島崎夫婦を世間の好奇の眼に晒すと怒っての所業なのか……。

何《いず》れにしろ、閻魔堂赤鬼の絵草紙『恋の道行修羅の舞』は、思わぬ波紋を巻き起こしたようだ。

珍しく売れた絵草紙なのに……。

麟太郎は苦笑した。

行燈の明かりは瞬《また》いた。

「麟太郎さん……」

腰高障子が叩かれ、亀吉の声がした。

「開いていますよ。亀さん……」

「お邪魔しますぜ……」

辰五郎と亀吉が入って来た。

「こりゃあ、親分……」

麟太郎は、辰五郎と亀吉を迎えた。

「北本大膳さまの事は、亀吉に聞きましたよ」

辰五郎は笑みを浮かべた。

「ええ。恋の道行修羅の舞の筋書とそっくり、家来夫婦の名前が違うぐらいでしたよ」

麟太郎は苦笑した。

「そうですってね。で、塗笠に着流しの侍ですがね……」

「何処の誰か分りましたか……」

麟太郎は身を乗り出した。

「ええ。浅草今戸町は萬成寺って古寺の家作で暮らしている三枝又四郎って浪人でしたよ」

「浪人の三枝又四郎……」

麟太郎は眉をひそめた。

「ええ。以前は何処かの大名か旗本に奉公していたようですが、去年から萬成寺の家作を借りていましたぜ」

「そうですか。それにしても良く分りましたね」

麟太郎は感心した。

「そいつが麟太郎さん、お蔦さんが追いましてね」

「二代目が……」

麟太郎は驚いた。

「ええ。何でも閻魔堂赤鬼先生が来ているかどうか蔦屋を窺っているのを、店の者が気が付き、お蔦さんが……」

「そいつは危ない真似を……」

麟太郎は眉をひそめた。

「ええ。それで、あっしがどうにか追い付いて、突き止められましたよ」

「そうでしたか……」

麟太郎は、お蔦の身に何事もなかったのに安堵した。

「で、どうします」

「明日、今戸の萬成寺に行ってみます」

「そうですか。じゃあ亀吉……」

「はい。お供しますぜ」

亀吉は笑った。

「ありがたい……」

麟太郎は喜んだ。


翌朝、麟太郎は顔を洗い、浅草今戸町に行く仕度をしていた。

「麟太郎さん……」

お蔦がやって来た。

「やあ、二代目。昨夜、連雀町の親分に聞いたが、大変だったそうだな」

「ええ。まあね……」

お蔦は苦笑した。

「お陰で塗笠に着流しの侍が分った。此から浅草今戸に行く処だ」

麟太郎は告げた。

「あら、そうなの……」

「それより、朝早く、何か用か……」

「ええ。昨日、旗本の北本さま御家中の岡田惣兵衛《おかだそうべえ》って用人が店に来たわよ」

「北本家の用人だと……」

麟太郎は眉をひそめた。

「ええ。恋の道行修羅の舞を書いた戯作者の閻魔堂赤鬼先生に逢わせて欲しいって……」

「ほう。北本家の用人がな……」

「ええ。それで、良かったら今晩暮六《くれむ》つ（午後六時）、不忍池《しのばずのいけ》の畔《ほとり》にある料理屋笹乃《ささの》井《い》に来てくれないかと……」

「不忍池の畔の笹乃井か……」

不忍池の料理屋『笹乃井』は、仁王門前町《におうもんぜんちよう》にある。

「ええ……」

「そうか。分った……」

麟太郎は頷いた。

「どうするか知らないけど、気を付けてね」

お蔦は眉をひそめた。

「二代目。北本家の用人が蔦屋に行き、閻魔堂赤鬼に逢わせて欲しいと云うのは、閻魔堂赤鬼が青山麟太郎だと知らないからだ。だとしたら、閻魔堂で俺に闇討ちを仕掛けた三枝又四郎は、旗本の北本大膳の命を受けての所業ではない……」

麟太郎は睨んだ。

「じゃあ、塗笠に着流しの侍は、望月隼人と小百合側の人って事ね……」

お蔦は、絵草紙『恋の道行修羅の舞』の登場人物の名前で事態を読んだ。

「二代目、望月隼人と小百合は、島崎祐馬と由衣と云う夫婦だ」

麟太郎は苦笑し、教えた。

「へえ、島崎祐馬さまとお由衣さんですか……」

「ああ……」

「で、どうするの、今晩……」

「うん。暮六つには遅れるかも知れぬが、もし使いが来たら行くと伝えてくれ」

「分ったわ……」

お蔦は頷いた。

「じゃあ二代目……」

麟太郎は、刀を手にして立ち上がった。

浅草吾妻橋《あづまばし》は隅田川に架かり、浅草広小路と北本所を結んでいる。

麟太郎は、浅草広小路を横切って花川戸町《はなかわどちょう》に進んだ。そして、山谷堀に架かってい る今戸橋を渡り、今戸町に入った。

「麟太郎さん……」

亀吉が駆け寄って来た。

「やあ、亀さん……」

「萬成寺、こっちですぜ」

亀吉は、麟太郎を一方に誘った。

萬成寺には経が響いていた。

「此処ですよ……」

亀吉は、麟太郎に萬成寺を示した。

麟太郎は、萬成寺の狭い境内を窺った。

狭い境内には、住職が本堂で読む経が満ちていた。

「家作は本堂の裏ですぜ……」

「浪人の三枝又四郎、いるのですか……」

「ええ。さっき、あっしがちょいと覗いた時には……」

亀吉は頷いた。

「じゃあ、先ずは動くのを待ってみます」

「ええ。直《じか》に当たるのは、それからでも遅くはないでしょう」

亀吉は頷いた。

麟太郎と亀吉は、萬成寺が見える物陰に潜んだ。

刻が過ぎ、住職の経も終った。

麟太郎は、旗本北本家の用人岡田惣兵衛が地本問屋『蔦屋』を通じて逢いたいと云って来た事を亀吉に報せた。

「北本家の用人ですか……」

亀吉は眉をひそめた。

「ええ。蔦屋に行ったたって事は、戯作者の閻魔堂赤鬼が青山麟太郎だと知らないからです。って事は、三枝又四郎は……」

麟太郎は読んだ。

「旗本の北本側ではなく、逐電した家来の島崎祐馬さまとお由衣さんの側にいる奴ですか……」

亀吉は、小さな笑みを浮かべた。

「きっと……」

麟太郎は頷いた。

「北本家の用人の用ってのが何なのか、気になりますね」

「ま、ろくな話じゃあないでしょうね」

麟太郎は苦笑した。

「麟太郎さん……」

亀吉は、萬成寺の山門を示した。

塗笠を被った着流しの侍が、萬成寺の山門から出て来た。

「三枝又四郎です……」

亀吉は、山谷堀に架かっている今戸橋に向かった塗笠に着流しの侍を示した。

「追いましょう……」

「ええ……」

麟太郎と亀吉は、物陰を出て三枝又四郎の尾行を始めた。

三枝又四郎は、隙《すき》のない悠然とした足取りで進んだ。

麟太郎は、三枝又四郎の足取りと身のこなしを窺った。

三枝又四郎の身のこなしは、閻魔堂で闇討ちを仕掛けて来た者に相違なかった。

「闇討ちを仕掛けて来た奴です」

麟太郎は見定めた。


三枝又四郎は、浅草広小路に出て隅田川に架かっている吾妻橋にあがった。

吾妻橋を渡って何処に行くのか……。

麟太郎と亀吉は追った。

「赤鬼先生の恋の道行修羅の舞じゃあ、北本大膳を斬って逐電した家来と許嫁は、向島に隠れたんでしたよね」

亀吉は、麟太郎に訊いた。

「ええ……」

麟太郎は頷いた。

三枝又四郎は吾妻橋を渡り、北本所の肥後国熊本新田藩《ひごのくにくまもとしんでん》と出羽国秋田藩《でわのくにあきた》の江戸下屋敷の前に出た。そして、北に進んで源森橋《げんもりばし》を渡って向島に向かった。

「どうやら、赤鬼先生の絵草紙と同じですね」

亀吉は、先を行く三枝又四郎の後ろ姿を見詰めた。

「ええ……」

「で、絵草紙じゃあ向島の何処ですか……」

「そこ迄は書いていないんですよ」

麟太郎は苦笑した。

向島と云っても広く、小梅村、洲崎村、寺嶋村、須田村、隅田村などがある。

旗本北本大膳を斬って逐電した島崎祐馬と由衣夫婦は、そうした村の何処かに潜んでいるのだ。

三枝又四郎は、おそらく島崎祐馬と由衣夫婦の許に行こうとしている。

麟太郎と亀吉は、充分な距離を取って慎重に三枝又四郎を追った。

向島の土手道には、隅田川からの風が吹き抜けていた。

三枝又四郎は、竹屋ノ渡《わたし》を過ぎて長命寺《ちようめいじ》の手前を流れる小川沿いの小道に曲がった。

小川沿いの小道の先には緑の田畑が広がり、小さな百姓家が点在していた。

三枝又四郎は、小川沿いの小道を進んだ。

麟太郎と亀吉は追った。

旗本北本家を逐電した島崎祐馬と由衣夫婦は、向島の百姓家の何処かに潜んでおり、三枝又四郎はそこに行こうとしている……。

麟太郎は睨み、微かな緊張を覚えた。

風が吹き抜け、田畑の緑が揺れた。

三枝又四郎は振り返った。

麟太郎は、立ち止まって三枝又四郎を見詰めた。

三枝又四郎は、小さな笑みを浮かべた。

尾行は見破られていた……。

「亀さん、退《さが》っていて下さい……」

麟太郎は亀吉に告げた。

「気を付けて……」

亀吉は退った。

「そっちから出て来てくれたとは、ありがたい……」

三枝は、冷笑を浮かべて一気に麟太郎に迫り、抜き打ちの一刀を放った。

麟太郎は躱し、刀を横薙《よこな》ぎに一閃《いっせん》した。

三枝は、麟太郎の刀を受けた。

火花が飛び、焦げ臭さが漂った。

麟太郎と三枝は、鋭く斬り結んだ。

そして、麟太郎は大きく跳び退いて刀を青眼に構えた。

「島崎祐馬や由衣とどんな拘りなのだ」

麟太郎は尋ねた。

「違う。私は島崎祐馬や由衣に何の拘りもない。旗本の北本大膳に金で雇われ、戯作者の閻魔堂赤鬼の命を狙っているのだ」

三枝は云い放った。

「偽りを申すな……」

麟太郎は苦笑した。

「何……」

「北本家の用人は、閻魔堂赤鬼の素性を知らず、逢いたがっている……」

「そうか……」

三枝は眉をひそめた。

「おそらく赤鬼の絵草紙に書かれた筋書を島崎祐馬と由衣に聞いたと睨み、居場所を訊き出すつもりだろう」

麟太郎は読んだ。

「ならば、閻魔堂赤鬼は北本と島崎夫婦の事をどうして知った」

「偶々だ。良くある筋書の絵草紙を書いたら、敵役の旗本が同姓同名だっただけだ」

「島崎夫婦に就いては、何も知らずに書いたのか……」

「如何にも。その証《あかし》に主の北本を斬って逐電した家来夫婦の名は、絵草紙では望月隼人と小百合だ」

「成る程。どうやら、閻魔堂赤鬼は島崎夫婦に就いて何も知らぬようだな……」

三枝は苦笑し、刀を鞘《さや》に納めた。

「ああ。して、島崎祐馬と由衣夫婦、此の向島にいるのだな」

麟太郎は刀を引いた。

「赤鬼先生、お前さんが何も知らず、偶々書いた筋書がそっくりだったのなら、島崎夫婦の事は知らなくて良いだろう」

三枝は、麟太郎を突き放した。

「それもそうだな……」

麟太郎は苦笑した。

「処でおぬし、島崎夫婦とはどのような拘りなのだ」

「島崎由衣は私の妹だ……」

「妹……」

麟太郎は眉をひそめた。

「左様。妹の由衣と島崎祐馬は今、身を寄せ合って幸せに暮らしている。それ故、そっとして置いて欲しかった。だが、赤鬼先生が絵草紙に書き、昔の事を蒸し返した。それで、地本問屋に尋ね歩いた……」

「そして、戯作者閻魔堂赤鬼が青山麟太郎だと突き止め、閻魔堂で闇討ちを仕掛けたか……」

「如何にも……」

三枝は頷いた。

「そうか。偶然とは云え、済まぬ事をした」

麟太郎は、頭を下げて詫《わ》びた。

「して赤鬼先生、北本家の用人にはどう云うつもりだ」

三枝は、麟太郎に探る眼を向けた。

「島崎夫婦の居場所を訊かれれば、知らぬと、本当の事を云うか、それとも……」

麟太郎は、冷たい笑みを浮かべた。

「それとも……」

三枝は眉をひそめた。

「島崎祐馬どのとお由衣さんの居場所を教え、岡田惣兵衛たち旗本北本家家中の出方を窺うか……」

麟太郎は、楽しそうに告げた。

「出方を窺う……」

「如何にも。そして、その出方によって、どんな始末をつけるか決める……」

麟太郎は、三枝に笑い掛けた。

「成る程、そいつは面白そうだな……」

三枝は、麟太郎の企てに頷いた。

「ああ……」

麟太郎は、何処迄も続く緑の田畑を眺めた。

緑の田畑の遠くに百姓夫婦が佇み、麟太郎と三枝を見ていた。

麟太郎は、眩《まぶ》しげに眼を細めた。

風が吹き抜け、田畑の緑が大きく揺れた。

百姓夫婦は、消えるように立ち去った。

四

不忍池に月影が映え、畔の料理屋は軒行燈を灯《とも》した。

麟太郎は、人通りの減った下谷《したや》広小路を抜けた。そして、上野仁王門前町に進み、料理屋『笹乃井』の暖簾を潜った。


「いらっしゃいませ」

女将《おかみ》が帳場に現れ、麟太郎を迎えた。

「うん。旗本北本大膳さま御家中の岡田惣兵衛どのはお見えかな……」

麟太郎は尋ねた。

「はい。お見えにございますが、失礼ですが、お客さまは……」

女将は、探るような眼を向けた。

「私は戯作者の閻魔堂赤鬼……」

「ああ。お待ち兼ねにございます。どうぞお上がり下さい」

女将は微笑《ほほえ》んだ。

「うん。邪魔をする……」

麟太郎は、土間から帳場に上がった。

奥の座敷からは、三味線や太鼓の音が聞こえていた。

行燈の灯された座敷には、初老の武士と二人の供侍がいた。

「邪魔するよ」

麟太郎は、初老の武士の前に座った。

「おぬし、戯作者の閻魔堂赤鬼どのか……」

初老の武士は、麟太郎を見据えて訊いた。

「あんたが、旗本北本大膳の家来の岡田惣兵衛さんか……」

麟太郎は、岡田に笑い掛けた。

「い、如何にも……」

岡田は、麟太郎の不遜な態度に戸惑った。

「で、俺に用ってのはなんだい……」

「絵草紙の恋の道行修羅の舞に書かれている事は、誰かから訊いて書いた事なのかな……」

岡田は尋ねた。

「さあて、どうだったかな……」

麟太郎は焦《じ》らした。

「閻魔堂どの……」

岡田の声に苛立《いらだ》ちが含まれた。

「岡田さん、誰かから訊いたとしたら、どうするのかな……」

「その誰かと云うのが、誰なのか教えて貰いたい……」

岡田は、狡猾《こうかつ》さを滲ませた。

「知ってどうする……」

麟太郎は見据えた。

「そ、それは……」

岡田は、微かに喉を引《ひ》き攣《つ》らせた。

「岡田さま……」

控えていた家来が、岡田に小さな薄い紙包みを差し出した。

三枚程の小判の包みだ……。

麟太郎は睨んだ。

買収か……。

麟太郎は苦笑した。

「閻魔堂どの、此は今夜、お出《い》で戴いた礼の印だ……」

岡田は、麟太郎に小判の包みを差し出した。

それにしても、安く見られたもんだ……。

麟太郎は、腹立たしさを覚えた。

「それは忝い……」

麟太郎は、北本大膳と岡田惣兵衛の腹の内を見定め、差し出された小さな小判の包みを懐《ふところ》に入れた。

「ならば……」

岡田は身を乗り出した。

「ああ。恋の道行修羅の舞は、島崎祐馬と妻の由衣にいろいろ訊いて書いた絵草紙に相違ない……」

「やはり……」

岡田は眉をひそめた。

「うむ……」

「して、島崎と由衣は、今何処にいるのか御存知か……」

岡田は、厳しい面持ちで麟太郎を見詰めた。

「無論……」

麟太郎は、意味ありげに笑って見せた。

「何処だ。島崎と由衣は何処にいるのだ」

「知ってどうする……」

麟太郎は、岡田を見据えた。

「此以上、余計な事を喋らぬように頼む……」

「それだけか……」

麟太郎は、岡田に探る眼を向けた。

「如何にも……」

岡田は、強張《こわば》った面持ちで頷いた。

「向島は水神《すいじん》の近くの家だ」

麟太郎は告げた。

「向島は水神の近く……」

「ああ。島崎祐馬と妻の由衣は、向島の水神の近くの家に潜んでいる」

麟太郎は声を潜めた。

向島の水神の近くには、地本問屋『蔦屋』の別宅がある。

「間違いあるまいな……」

岡田は念を押した。

「心配なら、さっさと確かめてみるんだな」

麟太郎は嘲笑《あざわら》った。


「ありがとうございました……」

麟太郎は、女将に見送られて料理屋『笹乃井』を後にした。

亀吉が暗がりから現れた。

「どうでした……」

「此奴《こいつ》を握らされましたよ」

麟太郎は、小さな薄い紙包みを開いた。

中には、三枚の小判が入っていた。

「三両ですか……」

「ええ。閻魔堂赤鬼も随分と安くみられましたよ」

麟太郎は苦笑した。

「じゃあ、睨み通りって事ですか……」

亀吉は眉をひそめた。

「ええ。岡田惣兵衛たちは島崎祐馬どのとお由衣さんを亡き者にしようとしています」

麟太郎は、厳しい面持ちで告げた。

「じゃあ……」

「ええ。俺は此のまま向島の水神の傍にある蔦屋の別宅に行きます。亀さんは手筈通りに頼みます」

「承知……」

「じゃあ……」

麟太郎と亀吉は二手に分れた。

夜明け前。

隅田川には、荷船の櫓《ろ》の軋《きし》みが響き始めた。

向島の水神の傍にある地本問屋『蔦屋』の別宅は、隅田川の流れの音に覆われていた。

向島の土手道は薄暗く、隅田川から冷たい風が吹いていた。

薄暗い土手道を七人の武士がやって来た。

七人の武士は、頭巾を被った岡田惣兵衛に率いられた旗本北本家の家来たちだった。

岡田と六人の家来は、薄暗い土手道を水神に進んだ。

水神は、隅田川の総鎮守《そうちんじゅ》で船頭たちの信仰を集めていた。

水神の傍の家……。

岡田は、配下の家来たちを率いて水神の傍の家に急いだ。そして、木母寺《もくぼじ》に続く道の手前の小径《こみち》に入った。

小径の先に水神がある。

水神の横手には小さな屋敷林があり、洒落《しゃれ》た家が隅田川に縁側を向けていた。

「此の家だな……」

岡田は、雨戸を閉めている洒落た家を見詰めた。

「はい……」

配下の武士は頷いた。

「様子を窺って来い」

岡田は、配下の武士に命じた。

二人の配下の武士は、雨戸を閉めている洒落た家に忍び寄って行った。

夜は明け、隅田川を下る荷船が見えた。


二人の配下の武士が、洒落た家から岡田惣兵衛の許に駆け戻って来た。

「どうだ……」

「雨戸が閉められていて姿は見えませんでしたが、人のいる気配はあります」

配下の武士は報せた。

「そいつが、島崎祐馬と由衣に違いあるまい」

岡田は冷笑を浮かべた。

「はい……」

配下の武士は頷いた。

「よし。二人ずつ組になり、表と裏、庭先から斬り込み、島崎祐馬と由衣を容赦なく斬り棄てろ」

岡田は、冷酷さと狡猾さを入り雑《ま》じらせて命じた。

「はっ……」

六人の配下の武士は、二人ずつ組になり洒落た家を取り囲んだ。

庭先に廻った配下の武士たちは、雨戸を破って侵入しようとした。

刹那《せつな》、雨戸が開いた。

配下の武士たちは驚き、後退りをして刀を抜いた。

麟太郎が木刀を手にし、開けられた雨戸から現れた。

「ほう。近頃の旗本家家中の者は、押込みの真似をするのか……」

麟太郎は嘲笑した。

背後に亀吉がいた。

「だ、黙れ。島崎祐馬と由衣は何処だ」

配下の武士は怒鳴った。

「逢いたければ、自分で捜すのだな……」

麟太郎は云い放った。

「おのれ……」

配下の武士たちは、麟太郎に斬り掛かった。

麟太郎は、縁側から飛び下りざまに木刀を唸らせた。

配下の武士の一人が、刀を握る腕の肩を打ち据えられて蹲《うずくま》った。

亀吉が飛び掛かって押さえ、素早く捕り縄を打った。

「お、おのれ……」

残った配下の武士は怯《ひる》んだ。

表や裏に廻った配下の武士たちが駆け寄り、麟太郎と亀吉を取り囲んだ。

「よし、やるか……」

麟太郎は、笑みを浮かべて木刀を振るった。

木刀は唸りをあげた。

「斬れ。此奴を斬り棄て、家探しをするのだ」

配下の武士たちは、刀を閃《ひらめ》かせて麟太郎に殺到した。

麟太郎は、僅かに身体を開いて斬り掛かった武士を躱し、木刀を打ち下ろした。

腕の骨の折れる乾いた音が鳴り、斬り掛かった武士は刀を落して倒れた。
亀吉が縄を打った。
配下の武士たちは、麟太郎の鋭さに激しく狼狽《うろた》えた。
麟太郎は、大きく踏み込んで木刀を縦横に振るった。
配下の武士の二人が倒れた。
残る配下の武士は二人……。
「未だやるか……」
麟太郎は、楽しそうに笑い掛けた。
二人の配下の武士は、刀を構えたまま後退りをした。
「怪我をしたくなければ刀を引く、そいつが利口ってものだ……」
麟太郎は、二人の配下の武士を見据えて静かに告げた。
二人の配下の武士は顔を見合わせ、同時に麟太郎に斬り掛かった。
麟太郎は跳び退いた。
二人の配下の武士は、その隙に身を翻《ひるがえ》して逃げた。
麟太郎は、倒れている武士の刀を取って投げた。
投げられた刀は、逃げる配下の武士の一人の尻に突き刺さった。

配下の武士は、尻を刺されて前のめりに倒れた。
残るは一人……。
麟太郎は、逃げ去った残る一人の配下の武士を追い、『蔦屋』の別宅の表に走った。
岡田惣兵衛は、逃げて来る配下の武士を見て驚いた。
「お、岡田さま……」
配下の武士は、必死の面持ちで岡田に駆け寄った。
麟太郎が、洒落た家の陰から追って現れた。
岡田は震え、激しく狼狽えて向島の土手道に逃げた。
「岡田さま……」
配下の武士は、唖然としながらも慌てて続いた。
三枝又四郎が、立ちはだかるように土手道に続く小径に現れた。
岡田は怯んだ。
配下の武士が追い付いた。
洒落た家の表から麟太郎が来た。
岡田と配下の武士は、麟太郎と三枝又四郎に挟まれた。

「岡田惣兵衛、逐電した島崎祐馬と由衣を殺しに来たか……」

三枝は、岡田を厳しく見据えた。

「私は、私は主の北本大膳さまの言い付け通りにした迄だ。私は我が殿の命に従っている迄だ」

岡田は喚《わめ》いた。

「悪行の何もかも、元凶は旗本北本大膳だと申すか……」

「そうだ。私は北本大膳さまに命じられた通りに働き、従っているだけだ」

「黙れ。主の不行跡を諫《いさ》めず、眼を瞑《つむ》るは不忠の極み、同罪だ」

三枝は睨み付けた。

「そして。配下を従えて町方の者の家に押込もうとは、盗っ人も驚く愚かな所業……」

麟太郎は嘲笑した。

追い詰められた岡田と配下の武士は、土手道に逃げようと刀を抜いて三枝に斬り付けた。

三枝は、刀を抜き打ちに一閃した。

金属音が甲高《かんだか》く響き、抜き身が朝の空に煌めきながら飛んだ。

岡田と配下の武士は、刀を飛ばされて呆然と立《た》ち竦《すく》んだ。

三枝は冷ややかに笑った。

「よし。それ迄だ……」

土手道から梶原八兵衛と連雀町の辰五郎がやって来た。

「梶原さん……」

麟太郎は微笑んだ。

「やあ、此奴らか、旗本家家中の者を装って押込みを働く戯《たわ》けた盗っ人ってのは……」

梶原は、岡田を嘲笑った。

「ええ……」

麟太郎は頷いた。

「違う。私は旗本北本大膳さま家中の者、町奉行所の咎《とが》めを受ける謂《い》われはない……」

岡田は、激しく狼狽えた。

「煩《うる》せえ……」

梶原は一喝した。

岡田は怯んだ。

「お前の素性がどうであろうが、今は旗本の家来を装って町方の家に押込み、人を殺そうとした外道だ。じっくり吟味をし、本当に旗本の家来なら早々に目付《めつけ》、評定所に送ってやるから安心しな」

梶原は、岡田に笑い掛けた。

岡田は項垂《うなだ》れ、恐怖に激しく震えた。

辰五郎と亀吉が岡田と配下の武士に駆け寄り、その場に押さえ付けて縄を打った。

「麟太郎さん、後は引き受けたぜ……」

「はい。梶原さん……」

「心配は要らねえ、絵草紙、恋の道行修羅の舞は読ませて貰ったぜ」

梶原は、麟太郎に笑い掛けた。

「忝い……」

麟太郎は苦笑した。

南町奉行所内与力の正木平九郎は、根岸肥前守に事の次第を詳しく報せた。

「して平九郎、梶原の詮議《せんぎ》はどうなっているのだ」

「はい。岡田惣兵衛、自分は盗賊などではなく、旗本北本大膳の家来で何もかも主の命でやった事だと、必死に抗弁しているそうにございます」

平九郎は告げた。

「麟太郎の狙い通りか……」

肥前守は苦笑した。

「はい……」

「ならば、岡田惣兵衛の抗弁を聞き届け、一件を目付に報せ、評定所扱いにするか……」

「はい。それが宜《よろ》しいかと存じます」

「よし。平九郎、此の一件、急ぎ目付に報せるが良い」

肥前守は命じた。

「心得ました。では……」

平九郎は、一礼して退出しようとした。

「処で平九郎……」

「はい……」

「閻魔堂赤鬼の書いた恋の道行修羅の舞なる絵草紙、売れていると聞くが、真《まこと》なのか

「……」

「はい。そうらしいですね」

「ほう。そうか……」

「それが何か……」

「いや。よい……」

「では……」

　平九郎は立ち去った。

「恋の道行修羅の舞。よくある筋書でそれ程、面白いとは思えぬが……」

　肥前守は首を捻った。

　目付は、旗本北本大膳の行状と悪い噂を詳しく調べた。

　調べた結果、北本大膳の悪い噂の殆どが事実であり、家来の島崎祐馬の妻由衣を手込めにしようとして斬られて深手を負った。そして、逐電した島崎祐馬と由衣を亡き者にしようとして討手を掛け、地本問屋『蔦屋』の別宅を襲撃した事が明らかになった。

　評定所は、旗本北本大膳に切腹を命じ、家禄を減知した。

旗本北本大膳は滅び去った。

「して、島崎祐馬どのとお由衣さん、此からどうするのです」

「暫《しばら》く百姓仕事を続けるそうですよ」

三枝又四郎は笑った。

「下手な宮仕えより、良いかもしれぬな」

「ああ。私もそう思う。それより麟太郎どの、その節は申し訳のない事をした。此の通りだ。許してくれ」

三枝又四郎は、麟太郎に深々と頭を下げて闇討ちをした事を詫びた。

「でも、何かすっきりしないわよね……」

お蔦は首を捻った。

「二代目、闇討ちを仕掛けられた俺が納得しているんだ」

「そう。ま、当人が納得しているなら……」

「二代目、俺は恋の道行修羅の舞が売れると思わなかったし、こんな騒ぎになるとも思っていなかった」

「ええ……」

「如何に絵草紙とは云え、安直には書けないものだな……」

「そうよね。でも、偶々よ。筋立てがよくある話だからよ」

「そうか、やっぱり偶々かな……」

「ええ。偶々よ。閻魔堂赤鬼先生に限ってしょっちゅうある事じゃあないわよ」

「そうか。それもそうだな……」

麟太郎は、釈然としないまま笑った。

微風が吹き抜けた。

第三話　一代記

一

　売れ行きは良くなかった。

　地本《じほん》問屋『蔦屋《つたや》』の店先に平積みにされていた閻魔堂赤鬼《えんまどうあかおに》の新作絵草紙は、次第に端に追いやられて奥に廻されてしまった。

「今度も余り売れませんでしたねえ……」

　番頭の幸兵衛は、厳しい面持ちで戯作者《げさくしゃ》閻魔堂赤鬼こと青山麟太郎に告げた。

「そうですか、売れませんでしたか……」

　麟太郎は、淋《さび》しげに肩を落とした。

「ええ……」

　幸兵衛は、哀《あわ》れむように頷《うなず》いた。

「あら、来ていたんですか……」

地本問屋『蔦屋』の二代目主《あるじ》のお蔦が、奥から出て来た。

「うん……」

「丁度良かった。ちょいと上がって下さいな」

お蔦は、居間に来るように麟太郎に告げた。


「どうぞ……」

お蔦は、麟太郎に茶を差し出した。

「うん。戴《いただ》く……」

麟太郎は茶を啜《すす》った。

「もう、次の絵草紙に掛かっているの……」

「いや。未《ま》だだ」

新作は、起死回生、乾坤一擲《けんこんいってき》の絵草紙にならなければならない。

焦《あせ》らず熟慮熟考して書く……。

麟太郎は決めていた。

「じゃあ、ちょいとやって貰《もら》いたい事があるんだけど……」

「何かな……」

「病で寝た切りの御隠居さんがいましてね」

「病の年寄り。身の廻りの世話など出来ぬぞ」

麟太郎は、怖《お》じ気《け》づいた。

「身の廻りのお世話は、娘さんと女中さんがいるから心配ありませんよ」

お蔦は苦笑した。

「じゃあ、何をするんだ……」

「聞き書き。代筆ですよ」

「聞き書き……」

麟太郎は眉をひそめた。

「ええ。御隠居さん、六十五歳でしてね。面白い筋立てを考えついて絵草紙にしたいと思ったが、何しろ寝た切りの素人《しろうと》。話を聞いて絵草紙に書いてくれる戯作者を捜しているんですよ」

お蔦は告げた。

「へえ、面白い筋立てねえ……」

「ええ、それで娘さんが聞き書きをしてくれる戯作者はいないかと、蔦屋に訪ねて来ましてね。礼金は二両だそうですよ」

「二両……」

　麟太郎は、大金に眼を丸くした。

「ええ。どうします。引き受けますか、断りますか……」

「その御隠居さん、何処《どこ》の誰なんだ」

「下谷《したや》広小路は上野北大門町《きただいもんちょう》の大黒堂《だいこくどう》って薬種問屋の宗平《そうへい》って御隠居さんでしてね。今は娘さんと女中さんに付き添われて根岸《ねぎし》の里の別宅で養生しているそうですよ」

　お蔦は告げた。

「上野北大門町の薬種問屋大黒堂の隠居の宗平さんか……」

「ええ。薬種問屋の大黒堂の方は甥《おい》って人に任せているそうですよ」

「そうか……」

「で、どうします」

　お蔦は急かした。

「分かった。御隠居さんの考えついた面白い筋立てってのが気になる。引き受けるか……」

　麟太郎は頷いた。

「ええ。気分も変わるし、それが良いわよ」

お蔦は微笑《ほほえ》んだ。

「うん。そうだな」

麟太郎は、己を励ますように頷いた。


根岸の里は、東叡山寛永寺《とうえいざんかんえいじ》のある上野の山の北側にあり、石神井《しやくじい》用水が流れて幽趣《ゆうしゅ》があるため文人墨客《ぼっかく》に好まれていた。

麟太郎は、下谷広小路の賑《にぎ》わいを抜けて山下から奥州街道《おうしゅうかいどう》裏道に進み、下谷金杉上《かなすぎかみ》町《ちょう》の間の道を西に曲がった。

道は田畑に囲まれた田舎道になり、根岸の里の小高い時雨《しぐれ》の岡に着いた。


時雨の岡には、御行《おぎょう》の松と不動尊の草堂《そうどう》があった。

麟太郎は、不動尊の草堂に手を合わせて石神井用水を眺めた。

石神井用水の流れは煌《きら》めき、水鶏《くいな》の鳴き声が長閑《のどか》に響いていた。

麟太郎は、時雨の岡を降りて石神井用水に架かっている小橋を渡り、西に進んだ。

そして、擦《す》れ違った百姓に薬種問屋『大黒堂』の別宅が何処か尋ねた。

百姓は、一方を指差して教えてくれた。

麟太郎は、礼を云《い》って薬種問屋『大黒堂』の別宅に急いだ。

薬種問屋『大黒堂』の別宅は、石神井用水のせせらぎ沿いにあった。

麟太郎は、宗平の娘に誘《いざな》われて広い縁側のある座敷に通された。

隠居の宗平が蒲団の上に半身を起こして座り、綿を入れた背もたれに寄り掛かっていた。

「お父《と》っつあん、蔦屋さんの口利きで戯作者の先生がお見えになりましたよ」

娘は、開け放たれた障子の外に見える庭と根岸の風景をぼんやりと眺めている隠居の宗平に声を掛けた。

「戯作者の先生……」

宗平は、頬《ほお》の削《そ》げた窶《やつ》れた顔を向けた。

寝間着のはだけた胸元は、肋骨が浮かぶ程に痩《や》せていた。

「やあ。戯作者の閻魔堂赤鬼です」

麟太郎は笑い掛けた。

「これはこれは閻魔堂赤鬼先生ですか……」

宗平は微笑んだ。

「ええ……」

「手前は、薬種問屋大黒堂の隠居の宗平です。此《こ》の度《たび》は御無理を云って申し訳ございません」

宗平は、小さな白髪髷《しらがまげ》を結った頭を下げた。

「いえ。丁度次の絵草紙の筋立てを考えていた処《ところ》でしてね……」

「そうでございますか。して、寝た切りの年寄りが暇に任せて考えた愚にも付かぬ話、聞いて戴けますか……」

「勿論《もちろん》です」

「ありがとうございます……」

宗平は、嬉しそうに頭を下げた。

「お嬢さま……」

中年の女中が、茶と薬湯《やくとう》を持って来た。

「閻魔堂赤鬼先生、私は宗平の娘のきぬ。こちらはおよね。宜《よろ》しくお願いします」

おきぬは、麟太郎に茶を出しながら己と中年女中の名を告げた。

「おきぬさんとおよねさんですか、閻魔堂赤鬼です。此方《こちら》こそ宜しくお願いします」

麟太郎とおきぬ、およねは挨拶を交わした。

「じゃあ、お父っつあん、煎《せん》じ薬ですよ」

おきぬは、宗平に薬湯を飲ませた。

宗平は、薬湯が苦いのか顔を顰《しか》めて飲んだ。

「幾つになっても、苦い薬湯は嫌なものだ」

宗平は苦笑した。

「じゃあ、お父っつあん、赤鬼先生、御用があればお呼び下さい」

おきぬとおよねは、宗平の病室になっている縁側の広い座敷から出て行った。

「さあて御隠居、絵草紙にしたい面白い筋立てとはどんな話ですか……」

麟太郎は茶を置き、矢立《やたて》と手控帖《てびかえちょう》を出した。

「それなのですが赤鬼先生。一人の男の子供の頃からの生き様ですよ」

宗平は小さく笑った。

「ほう。じゃあ、男の一代記ですか……」

「ええ。まあ、そんな処ですか……」

宗平は、開け放たれた障子の外の庭と風景に眼を細めた。

麟太郎は、風景を眺める宗平の横顔に懐《なつ》かしさと淋しさが入り混じっているのに気付いた。

「今でも見るんですよ、夢……」

宗平は、唐突に告げた。

「夢……」

麟太郎は、戸惑いを浮かべた。

「ええ。田畑の中の誰もいない真っ直ぐな道を一人で歩いている夢を……」

「真っ直ぐな道を一人で……」

麟太郎は眉をひそめた。

「汗に塗《まみ》れ、土埃《つちぼこり》に汚れ、何処迄《まで》も続く真っ直ぐな田舎道を……」

「歩いているのは、御隠居なんですか……」

麟太郎は訊《き》いた。

「そいつが手前は手前なんですが、子供の頃だったり、若い頃だったり、今の手前だったり……」

宗平は、遠くを眺める眼差しで告げた。

「そいつは只の夢なのか、それとも本当に田畑の中の真っ直ぐな道を歩いた思い出のようなものか……」

麟太郎は読んだ。

「只の夢ですよ、夢。さあて、赤鬼先生、絵草紙ですがね……」

宗平は笑い、不意に絵草紙の話に戻った。

「はい……」

麟太郎は、矢立の筆を執《と》った。

水鶏の鳴き声が長閑に響いた。

半刻《はんとき》(約一時間)が過ぎた。

宗平は話を止めて眼を瞑《つむ》り、項垂《うなだ》れた。

「どうした御隠居……」

麟太郎は焦った。

「どうしました……」

おきぬが入って来た。

「御隠居が急に……」

麟太郎は、眼を瞑って項垂れている宗平を示した。

おきぬは、宗平の様子を見た。

「きっと、久し振りに長話をして疲れ、眠ってしまったようですね」

おきぬは苦笑した。

宗平は、話し疲れて不意に眠りに落ちた。

「そうですか……」

麟太郎は安堵した。

「すみません、赤鬼先生、お父っつあんを寝かせたいのですが、手を貸して下さい」

「いいとも……」

「じゃあ、お父っつあんを支えていて下さい」

麟太郎は、宗平の身体を支えた。

おきぬは背もたれを外した。

そして、宗平を蒲団に静かに寝かせた。

宗平は、軽い寝息を立てて眠り続けた。


「御苦労さまでした……」

おきぬは、麟太郎に茶を差し出した。

「忝《かたじけな》い。戴く……」

麟太郎は茶を啜った。

「処でおきぬさん、御隠居の病は何ですか……」

「心の臓ですが、若い頃の古疵《ふるきず》が悪くなって、足腰が弱くなりましてね……」

「そいつは気の毒に……」

「それで寝た切りになりましてね」

「医者には診《み》せているのか……」

「ええ。谷中八軒町《やなかはちけんちょう》の弦石《げんせき》先生に診て戴いております」

「そうですか……」

「ま、お父っつあんから話を聞くのは、一日一刻《いっとき》（約二時間）ぐらいが良い処かもしれませんね」

おきぬは苦笑した。

「ええ……」

「じゃあ赤鬼先生、此《これ》はお約束した礼金の半分、残りの半分は絵草紙が出来てからと云う事で……」

おきぬは、小さな紙包みを差し出した。

「半金ですか……」

麟太郎は、紙包みを受け取って指先で探った。

小判が一枚……。

約束の礼金二両の半分の一両だ。

「確かに……」

麟太郎は微笑んだ。

陽は未だ高かった。

麟太郎は、おきぬに見送られて宗平の隠居所を出た。そして、石神井用水沿いの小径《こみち》を時雨の岡に向かった。

宗平の聞き書きは、どのぐらい刻が掛かるか分からない。

今日聞いた話は、貧乏な百姓の家の子に生まれた主人公の男が、お店奉公に出されたが耐えきれずに逃げ出す処迄で、筋立ては未だ読めない。

本当に面白いのか、それとも素人の只の思い付きなのかは分からない。

ま、此からどうなるかだ……。

麟太郎は、石神井用水沿いを進んだ。

誰かが付いて来る……。

麟太郎は気が付き、小橋を渡りながら何気なく背後を窺《うかが》った。

縞《しま》の半纏《はんてん》を着た男が後ろから来ていた。

俺を尾行《つけ》て来ているのか……。

麟太郎は、小橋を渡って時雨の岡に上がり、不動尊の草堂の前に立ち止まって手を合わせた。

後ろから来た縞の半纏の男は、麟太郎を横目に窺いながら通り過ぎて行った。

尾行て来たのではないのか……。

麟太郎は、縞の半纏の男に続いた。

田畑の間の田舎道は、下谷金杉上町に続いている。

縞の半纏の男は、下谷金杉上町の通りに出て南に曲がって姿を消した。

麟太郎は、足取りを速めた。

下谷金杉上町の通りは、奥州街道裏道と称されて千住《せんじゅ》の宿に続いており、旅人たちが行き交っていた。

麟太郎は、下谷金杉上町の通りの手前の裏路地に入った。そして、通りを窺った。

僅《わず》かな刻が過ぎた。

下谷金杉上町の通りの角から、縞の半纏の男が顔を見せた。

やはりな……。

縞の半纏を着た男は、下谷金杉上町の通りを曲がって潜《ひそ》み、麟太郎の来るのを待って再び尾行ようとしていたのだ。

麟太郎は苦笑した。

縞の半纏を着た男は、戸惑った面持ちで田舎道に戻って来た。そして、麟太郎の潜んでいる裏路地の前を通った。

刹那《せつな》、麟太郎は縞の半纏を着た男を裏路地に引き摺《ず》り込み、その腕を捻《ひね》り上げた。

縞の半纏を着た男は、短い悲鳴を上げて両膝をついた。

「何故《なにゆえ》、尾行る……」

麟太郎は尋ねた。

「ち、違う。尾行てなんかいねえ……」

縞の半纏を着た男は、激痛に顔を歪《ゆが》めて言い繕《つくろ》った。

「ならば、どうして待っていた」

麟太郎は、尚《なお》も縞の半纏を着た男の腕を捻り上げた。

「た、頼まれて……」

縞の半纏を着た男は顔を歪め、激痛に身を捩《よじ》って尾行を認めた。

「誰に何を頼まれたのだ」

「薬種問屋大黒堂の番頭に、御隠居を訪ねて来る者がいたら何処の誰か突き止めろと……」

縞の半纏を着た男は吐いた。

「薬種問屋大黒堂の番頭だと……」

「ええ……」

縞の半纏を着た男は頷いた。

薬種問屋『大黒堂』は、宗平が隠居した後、甥が商いを引き継いでいる筈《はず》だ。その『大黒堂』の番頭は、隠居の宗平の許《もと》に出入りする者を調べている。

「番頭の名は……」

「文蔵《ぶんぞう》さんです」

「文蔵か……」

「はい。あっしは御隠居さんの処に来た者を何処の誰か突き止めて報《しら》せるだけです」

「お前、名前は……」

「紋次《もんじ》です」

「よし。紋次、俺の事は忘れるんだな」

麟太郎は、紋次と名乗った縞の半纏を着た男を放免した。

薬種問屋『大黒堂』の番頭文蔵が、隠居の宗平を訪れた者を知りたければ、娘のおきぬに訊けば済む事だ。それなのに紋次を雇ったと云う事は、宗平やおきぬに内緒で誰が訪れたか知ろうとしているのだ。

何故だ……。

麟太郎は、番頭の文蔵がどんな男なのか知りたくなった。

下谷広小路は賑わっていた。

麟太郎は、下谷広小路の賑わいを抜けて上野北大門町にある薬種問屋『大黒堂』に向かった。

薬種問屋『大黒堂』は、それなりの店構えで暖簾《のれん》を掲げていた。

麟太郎は、薬種問屋『大黒堂』を窺った。

店内では手代たちが客の相手をし、帳場で番頭らしき中年男が帳簿を付けていた。

番頭の文蔵……。

麟太郎は見定めた。

文蔵は痩せており、時々鋭い眼で客や手代たちを窺っていた。

何か妙だ……。

麟太郎は、微《かす》かな戸惑いを覚えた。

二

「上野北大門町の薬種問屋大黒堂ですか……」

下《した》っ引《ぴき》の亀吉は、猪口《ちょこ》を持つ手を口元で止めた。

「ええ。知っていますか……」

麟太郎は、暖簾を掲げたばかりの居酒屋に亀吉を誘った。

「ええ、名前だけは。大黒堂がどうかしたのですか……」

亀吉は訊き返した。

「そいつが……」

麟太郎は、薬種問屋『大黒堂』の隠居の宗平の聞き書きに雇われ、根岸の里の隠居所に行った帰り、紋次と云う遊び人に尾行られた。そして、紋次を捕らえて厳しく問い質《ただ》した処、『大黒堂』の番頭の文蔵に頼まれての事だと白状させた事を告げた。

「じゃあ何ですか、番頭の文蔵は奉公先の寝た切りの隠居を訪れる者が何処の誰か、秘《ひそ》かに探らせているんですか……」

亀吉は眉をひそめた。

「ええ。そう云う事になるのですが、どう思います」

「その番頭の文蔵、どんな奴ですか……」

「四十絡《がら》みの痩せた男で、お店の番頭とは思えぬ鋭い眼付きの時があります」

麟太郎は告げた。

「お店の番頭とは思えぬ鋭い眼付きですか……」

「ええ……」

麟太郎と亀吉は、手酌《てじやく》で酒をのんだ。

「おう。邪魔するぜ……」

仕事帰りの職人や人足たちが、賑やかに入って来た。

「分かりました。親分に断って大黒堂の番頭の文蔵、ちょいと調べてみますよ」

亀吉は引き受けた。

「そいつはありがたい……」

「それより麟太郎さん、大黒堂の御隠居の話、面白いんですか……」

「さあ。そいつは此からですよ」

麟太郎は苦笑した。

居酒屋は賑わい始めた。


翌日、麟太郎は閻魔堂に手を合わせて根岸の里に向かった。

昨日、宗平に聞いた話は、貧しい百姓の家に生まれた男の子が口減らしのお店奉公に出され、苛《いじ》められたり殴り蹴られたりの辛い日々に耐えきれずに逃げ出す迄だった。

取り立てて珍しい話ではなく、お店の奉公人の間では良くある話だ。

麟太郎は、閻魔長屋の家に戻って手控帖に走り書きして来た事を整理しておいた。

奉公先から逃げ出した男の子は、此からどうなるのか……。

麟太郎は、根岸の里の宗平の隠居所に急いだ。


上野北大門町の薬種問屋『大黒堂』は、客の出入りは少なかった。

余り繁盛していないのか……。

亀吉は微かな戸惑いを覚え、北大門町の木戸番を訪れた。

「ちょいとお尋ねしますがね……」

亀吉は、木戸番に懐《ふところ》の十手を僅かに見せた。

「はい。なんでしょうか……」

木戸番は、亀吉に緊張した顔を向けた。

「表通りの薬種問屋の大黒堂さん、どんな店なのかちょいと教えて戴けますかい……」

「薬種問屋の大黒堂さんですか……」

「ええ。お客も少なく、余り繁盛しているようには見えませんが……」

「そうですか、大黒堂さんはいつもあんなものですよ」

木戸番は苦笑した。

「へえ、そうなんですか。で、儲《もう》かっているのですかね」

「そりゃあもう。何でも値の張る薬を主に商っているそうですよ」

「値の張る薬ですか……」

亀吉は眉をひそめた。

「ええ……」

「処で大黒堂さん、旦那が病に罹《かか》って隠居して、今は甥って人が旦那になり、番頭の文蔵さんと店を切り盛りしているそうですね」

「ええ。大黒堂を継いだ甥ってのは政吉《まさきち》さんって云いましてね。番頭の文蔵さんにいろいろ教わっているようですよ」

政吉……。

亀吉は、隠居の宗平の甥で現在の薬種問屋『大黒堂』の旦那の名を知った。

「じゃあ番頭の文蔵さん、かなりの商売上手なんですね」

「そりゃあもう、昔から薬草の買い付けの旅に出掛ける御隠居の宗平さんの留守を預かり、守って来た人ですからね」

木戸番は告げた。

「そうなんですかい……」

亀吉は、聞き込みを続けた。


根岸の里、石神井用水は緩《ゆる》やかに流れ、岸辺には瀟洒《しょうしゃ》な家があった。

麟太郎は時雨の岡を下りて小橋を渡り、石神井用水沿いの小径を『大黒堂』の隠居の宗平の家に向かった。

縁側の広い宗平の家が見えて来た。

麟太郎は、宗平の家の周囲を見廻した。

宗平の家の周囲には、縞の半纏を着た紋次や不審な者の姿は見えなかった。

よし……。

麟太郎は、不審な者がいないのを見定めて宗平の家に向かった。


「どうぞ……」

おきぬは、麟太郎に茶を差し出した。

「忝い。戴きます……」

麟太郎は茶を飲んだ。

「お父っつあん、もう直《じき》、起きると思いますので、済みません」

おきぬは、宗平が眠っているのを詫《わ》びた。

「いいえ。処でおきぬさん、紋次って男を御存知ですか……」

「紋次さんですか……」

「ええ……」

「存じませんが……」

「縞の半纏を着ている奴なんですがね」

「さあ……」

おきぬは、紋次を知らなかった。

「じゃあ近頃、此の家の周囲に見掛けない不審な男がいたって事はありませんか……」

麟太郎は訊いた。

「さあ、そんな事、なかったと思いますが……」

おきぬは首を捻った。

「お嬢さま。御隠居さまがお目覚めになりましたよ」

女中のおよねが、宗平のいる座敷から出て来た。

「そう。お待たせ致しました、赤鬼先生……」

おきぬは微笑んだ。

隠居の宗平は、前日と同じように蒲団の上に半身を起こして座っていた。

「やあ、御隠居、如何《いかが》ですか身体の調子は……」

麟太郎は、宗平の横に座った。

「まあまあですよ、赤鬼先生……」

宗平は笑った。

「そうですか……」

麟太郎は、矢立と手控帖を仕度した。

「お父っつあん、煎じ薬ですよ」

おきぬが、宗平に煎じ薬を持って来た。

宗平は、白髪眉をひそめて煎じ薬を飲み干した。

「ああ。不味《まず》い……」

宗平は吐息を洩《も》らした。

「お邪魔しました……」

おきぬは、煎じ薬の入っていた空茶碗を片付け、苦笑を残して座敷から出て行った。

「じゃあ始めますか……」

麟太郎は、宗平を促した。

「ええ。昨日は何処迄、話しましたかな……」

「奉公先のお店から逃げ出した処迄です」

「ああ。それから捨吉《すてきち》は……」

「捨吉……」

　麟太郎は、戸惑いを浮かべた。

「逃げ出した男の子は捨吉って名前ですよ」

　宗平は笑った。

「そうでしたか。して、その捨吉は……」

　麟太郎は、手控帖に手早く捨吉と書いた。

「道端のお地蔵さんや御堂の供《そな》え物、畑の作物なんかを盗み食いして彷徨《うろつ》いていたんだが、その内に病に罹ってしまってね。熱を出して苦しんでいた処を旅の軽業《かるわざ》一座の座頭《ざがしら》に拾われた……」

　宗平は眼を瞑り、語り始めた。

「ほう、軽業一座ですか……」

「ええ。座頭は病の治った捨吉に軽業を仕込み始めた。捨吉は元々身の軽い子でね。いろいろな軽業を覚えて……」

「軽業が性に合っているんですね……」

「うん。捨吉は座頭に悴《せがれ》のように可愛がられましてね。捨吉も座頭に懐いて……」

　宗平は語り続けた。

麟太郎は、宗平の話を聞きながら要点を手控帖に走り書きした。

座敷の開け放たれた障子の向こうに見える庭には、二羽の小鳥が囀《さえず》りながら遊んでいた。


薬種問屋『大黒堂』は、相変わらず客が少なかった。

亀吉は、物陰から秘かに店内を窺っていた。

羽織を着た若い男が奥から現われ、帳場にいる番頭の文蔵と言葉を交し始めた。

隠居の宗平の甥で旦那の政吉だ……。

亀吉は睨《にら》んだ。

番頭の文蔵は、帳場を政吉と代わった。そして、小さな油紙の包みを風呂敷に入れて帳場を離れ、土間に降りた。

出掛けるのか……。

亀吉は見守った。

文蔵は、手代や小僧たちに見送られて店を出て御成《おなり》街道に向かった。

何処に行く……。

亀吉は尾行を開始した。

神田明神境内《かんだみょうじんけいだい》は参拝客が行き交っていた。
文蔵は、境内の片隅の茶店の縁台に腰掛け、茶店女に茶を頼んだ。
亀吉は、参道の石灯籠《いしどうろう》の陰から見守った。
縞の半纏を着た男が現われ、文蔵の隣に腰掛けて茶を注文した。
縞の半纏を着た男……。
麟太郎さんを尾行た紋次……。
亀吉は睨んだ。
紋次は、緊張した面持ちで文蔵に何事かを話し始めた。
文蔵は、紋次の話を訊きながら次第に厳しい面持ちになった。
紋次は、文蔵に麟太郎の事を話しているのかもしれない。
亀吉は読んだ。

少年の捨吉は、厳しい軽業修業の末に軽業一座の花形となった。
捨吉は、旅廻りで行く先々の庄屋や御大尽《おだいじん》に招かれ、座頭や女軽業師たちと屋敷を訪れたりした。

「じゃあ捨吉、食べ物と寝る処には困らなくなった訳ですね……」

麟太郎は、宗平に念を押した。

「うん。そして、捨吉は不思議な事が起きるのに気が付いた……」

宗平は、皺《しわ》の深い顔を引《ひ》き攣《つ》らせるような笑みを浮かべた。

「不思議な事……」

「うん。旅廻りの軽業一座が旅立った後、招いてくれた庄屋や御大尽の屋敷に盗賊の押込みがあるのだ……」

「盗賊の押込み……」

麟太郎は眉をひそめた。

「うん……」

宗平は頷いた。

頷いたまま軽い寝息を立て始めた。

話を始めて半刻が過ぎていた。

宗平は、眠りに落ちた。

話は、捨吉たちを招いてくれた庄屋や御大尽の屋敷が盗賊の押込みに遭う処迄だった。

今日は此迄か……。

麟太郎は、おきぬを呼んだ。

「はい……」

おきぬが居間からやって来た。

「御隠居、眠られたよ」

麟太郎は苦笑した。

「それはそれは。じゃあ、今日は此ぐらいで、御苦労さまでした」

おきぬは微笑んだ。

麟太郎は、おきぬを手伝って宗平を蒲団に寝かせた。

隠居の宗平の家の周囲には不審な者はいなく、石神井用水のせせらぎが聞こえるだけだった。

麟太郎は、おきぬと老下男に見送られて宗平の家を出て石神井用水沿いの小径を時雨の岡に向かった。

尾行て来る者はいるか……。

麟太郎は、それとなく背後を窺った。

尾行て来る者はいなかった。

麟太郎は、石神井用水に架かっている小橋を渡って時雨の岡にあがった。そして、不動尊の草堂に手を合わせ、周囲を窺った。

紋次は無論、不審な者の姿は見えなかった。

麟太郎は、時雨の岡から下谷金杉上町に向かって田舎道を進んだ。

隠居の宗平の話では、捨吉が旅の軽業一座の花形になり、庄屋や御大尽の屋敷に招かれた。そして、不思議な事にその屋敷が後日、盗賊の押込みに遭った。

宗平の話はそこで終った。

麟太郎は田舎道を進んだ。

田舎道の左右にある田畑の緑は、吹き抜ける風に揺れていた。

昌平橋《しょうへいばし》は神田川に架かっており、神田八ツ小路と明神下の通りを結んでいた。

薬種問屋『大黒堂』の番頭文蔵は、神田明神境内の茶店で紋次と別れ、明神下の通りを昌平橋に進んだ。

亀吉は、文蔵を追って昌平橋を渡った。

文蔵は、八ツ小路を抜けて日本橋《にほんばし》に続く通りに進んだ。そして、神田須田町《すだちょう》と神田通新石町《とおりしんこくちょう》を抜け、神田鍋町《なべちょう》にある呉服屋『大菱屋《おおびしや》』の暖簾を潜った。

亀吉は見届けた。

文蔵は、呉服屋『大菱屋』に何しに来たのだ。

よし……。

亀吉は、呉服屋『大菱屋』の暖簾を潜った。


呉服屋『大菱屋』は客で賑わっていた。

亀吉は、それとなく店内を見廻して文蔵を捜した。

文蔵は、帳場の奥の座敷で羽織に前掛けの番頭らしき中年男と逢っていた。

番頭と逢っているのか……。

亀吉は眉をひそめた。

「いらっしゃいませ……」

手代が近寄って来た。

「うん……」

「何をお探しにございますか……」

手代は、亀吉の形《なり》を見て作り笑いを浮かべた。

「お前さん、今、笑ったね」

亀吉は、手代を見据えて囁《ささや》いた。

「えっ……」

手代は狼狽《うろた》えた。

「大菱屋は手前《てめえ》のような貧乏人の来る店じゃあねえ。古着屋がお似合いだとな……」

亀吉は、手代の腹の内を読んだ。

「そ、そんな……」

手代は、図星を突かれて怯《おび》えた。

「まあ、いいさ。で、座敷にいるのは番頭さんだね……」

「は、はい。番頭の庄兵衛《しょうべえ》さんです」

「客は誰かな……」

亀吉は、惚《とぼ》けて訊いた。

「下谷の薬種問屋大黒堂の番頭さんが、旦那さまの薬を届けに来てくれたのでございます」

「ほう。旦那、病なのかい……」

「はい。それで大黒堂の番頭さんが時々……」

「そうか。じゃあ、俺の事は道を訊きに立ち寄ったとでも云うんだな。さもなければ、大菱屋の手代に貧乏人と蔑《さげす》まれ、馬鹿にされたと仲間を連れて来て騒ぎ立てるからな」

亀吉は脅した。

「そ、そんな……」

手代は震えた。

「邪魔したな……」

亀吉は、手代に冷笑を浴びせて出て行った。

薬種問屋『大黒堂』の番頭文蔵は、神田鍋町の呉服屋『大菱屋』の病の旦那の薬を届けに来ている。

如何《いか》に高貴薬を買う得意先とは云え、薬種問屋の番頭がわざわざ届けに来るものか……。

亀吉は頷けなかった。

文蔵は、薬を届ける他に呉服屋『大菱屋』に来る理由があるのかもしれない。

もし、あるのなら何なのか……。

亀吉は、客の出入りする呉服屋『大菱屋』を眺めた。

陽は西に傾き始めた。

浜町堀《はまちょうぼり》は煌めいた。

麟太郎は、通 油 町《とおりあぶらちょう》の地本問屋『蔦屋』に立ち寄った。

「どう。聞き書きの方は……」

お蔦は、麟太郎に茶を差し出した。

「まあ。面白いかどうかは、これからだな……」

麟太郎は笑った。

「そう。面白いといいわね」

「まあな……」

麟太郎は茶を飲んだ。

「そう云えば麟太郎さん、小僧の良吉《りょうきち》が、今日、閻魔堂赤鬼って戯作者はいるかと訊かれたそうでしてね」

お蔦は眉をひそめた。

「訊いて来たのはどんな奴だ……」

「それが、縞の半纏を着た遊び人のような奴だったとか……」

「縞の半纏……」

紋次だ……。

麟太郎は、紋次が懲りずに動いているのを知った。

「ええ。で、良吉は閻魔堂赤鬼先生はうちから絵草紙を出していると云ったら本名は何て云い、何処に住んでいるかと訊いて来たそうですよ」

「で、良吉は何て答えたのかな……」

「本名や住まいは知らないと……」

「そうか……」

だが、戯作者閻魔堂赤鬼の素性など他の地本問屋に訊いても分かる事だ。

おそらく、紋次は既に閻魔堂赤鬼が青山麟太郎と云う浪人であり、元浜町の閻魔長屋に住んでいるのを突き止めている筈だ。

紋次は何をする気だ。

「心当たりあるの、麟太郎さん……」

お蔦は、心配を滲《にじ》ませた。

「まあな……」

麟太郎は頷いた。

何《いず》れにしろ油断はならない……。

麟太郎は苦笑した。

三

閻魔堂は闇に覆われ、閻魔長屋の家々には明かりが灯されていた。

麟太郎は、閻魔堂の周囲の暗がりを窺った。

閻魔堂の周囲の暗がりが揺れた。

一人、二人、三人……。

麟太郎は、暗がりに三人の男が潜んでいると睨んだ。

「俺が閻魔堂赤鬼だ。用があるなら出て来い」

麟太郎は、暗がりに潜んでいる者たちに呼び掛けた。

髭面《ひげづら》と小肥りの浪人が、閻魔堂の暗がりから出て来た。

「紋次はどうした……」

麟太郎は苦笑した。

暗がりに潜んでいた人数は三人だ。残る一人は紋次なのだ。

「紋次など知らぬ……」

髭面の浪人は惚けた。

「そいつは残念だ。約束を破った紋次、必ず叩き斬ってやる。覚悟しておくのだな」

麟太郎は薄笑いを浮かべ、暗がりに潜んでいる紋次を脅した。

「黙れ……」

小肥りの浪人は、麟太郎に斬り掛かった。

麟太郎は躱《かわ》し、抜き打ちの一刀を放った。

血が飛んだ。

小肥りの浪人は尻を斬られ、短い悲鳴をあげて尻餅をついた。

「そんな腕で、よく人殺しを引き受けたな」

麟太郎は呆《あき》れ、嘲笑した。

「おのれ……」

髭面の浪人は怒り、猛然と麟太郎に斬り掛かった。

麟太郎は、髭面の浪人の刀を打ち払った。

髭面の浪人は、僅かによろめきながらも踏み止《とど》まった。

麟太郎は、鋭く斬り掛かった。

髭面の浪人は、後退《あとずさ》りしながら必死に斬り結んだ。

麟太郎は押し、刀を鋭く一閃《いっせん》した。

髭面の浪人は、腕を斬られて大きく跳び退いた。

刀を握る腕が斬られ、血が滴《したた》り落ちた。

髭面の浪人は狼狽え、身を翻《ひるがえ》して闇に向かって逃げた。

麟太郎は見送り、閻魔堂の前に戻った。

尻を斬られた小肥りの浪人と闇に潜んでいた紋次は、既に姿を消していた。

「紋次か……」

麟太郎は冷笑を浮かべた。


閻魔長屋の家の中には、何者かが隠れ潜んでいる気配は窺えなかった。

麟太郎は見定め、古びた行燈《あんどん》に火を灯した。

仄《ほの》かな明かりに照らされた家の中は、麟太郎が出掛けた時のままだった。

麟太郎は、着物と袴を脱いで下帯一本になって井戸端に出た。そして、井戸の水を浴びた。

冷たい水は火照《ほて》った身体に心地好く、飛び散った水飛沫《みずしぶき》は月明かりに煌めいた。

家に戻った麟太郎は、壁際に二つ折りにしていた蒲団を敷き、大の字になって手足を伸ばした。

浪人共の闇討ちは、紋次が薬種問屋『大黒堂』の事を吐いたのを知られるのを恐れて企てたのか、それとも番頭の文蔵の指図でやったのか……。

麟太郎は想いを巡らせた。

いずれにしろ、薬種問屋『大黒堂』の番頭の文蔵だ。

番頭の文蔵は、何故に奉公先の隠居である宗平の身辺を紋次に調べさせているのか……。

その背後には何かが潜んでいる。

麟太郎は睨み、明日一番に薬種問屋『大黒堂』と番頭の文蔵を探っている筈の亀吉に逢うと決めた。


上野北大門町の薬種問屋『大黒堂』は、店の前の掃除を終えて暖簾を掲げた。

麟太郎と亀吉は、斜向《はすむか》いの煙草屋《たばこや》の店先の縁台に腰掛けて煙管《きせる》を燻《くゆ》らしていた。

「番頭の文蔵、隠居の宗平さんの甥の政吉旦那と大黒堂を切り盛りしていましてね、中々遣り手《やりて》の商人《あきんど》だそうですよ」

亀吉は告げた。

「遣り手の商人ねえ……」

麟太郎は、風に暖簾を揺らしている薬種問屋『大黒堂』を眺めた。

「で、番頭の文蔵、神田は鍋町の呉服屋大菱屋に薬を届けに行きましてね」

「文蔵が薬を届けに……」

麟太郎は眉をひそめた。

「ええ。大菱屋の旦那が病だそうでして……」

亀吉は小さく笑った。

「それにしても……」

「番頭の文蔵が薬を届けに行く迄もありませんか……」

亀吉は遮った。

「ええ……」

麟太郎は頷いた。

「あっしもそう思います。きっと薬を届ける他に何か狙いがあるんですぜ」

亀吉は睨んだ。

「うん。して文蔵、大菱屋で誰と逢ったのですか……」

「庄兵衛って番頭ですよ」

「番頭の庄兵衛……」

「処で鱗太郎さん、番頭の文蔵、呉服屋の大菱屋に行く前に神田明神で縞の半纏を着た野郎と逢っていましたぜ」

亀吉は苦笑した。

「そいつは、おそらく紋次です」

「やっぱり……」

「ええ。紋次の奴、昨夜、二人の浪人に俺を闇討ちさせましてね」

鱗太郎は吐き棄てた。

「えっ……」

亀吉は驚いた。

「自分は隠れたままで、汚い奴ですよ」

「それにしても、闇討ちとは穏やかじゃありませんね」

「なあに、僅かな金で雇ったとみえ、腕の立たない食詰め浪人でしたよ」

鱗太郎は笑った。

薬種問屋『大黒堂』を訪れる客は余りいなかった。

「それにしても大黒堂、客が少ないな……」

麟太郎は、微かな戸惑いを浮かべた。

「ええ。あっしもそう思いましてね。そうしたら大黒堂は値の張る薬を多く売っているとかで……」

「値の張る薬ですか……」

「ええ。ですから客が少なくても儲かっているんだと……」

「へえ。そんなもんですかね……」

麟太郎は首を捻った。

「気に入りませんか……」

「いいえ。気に入らないと云うより、気になります……」

「分かりました。大黒堂の売っている値の張る薬がどんな物か、詳しく調べてみますよ」

亀吉は笑った。

「お願いします。じゃあ私は根岸の里の御隠居の処に行きます」

麟太郎は、亀吉を残して根岸の里に急いだ。

薬種問屋『大黒堂』を訪れる客は、相変わらず少なかった。

「それで、旅廻りの軽業一座は諸国を巡り歩き、何年かが過ぎて捨吉も良い若い者になりました……」

隠居の宗平は語り始めた。

麟太郎は、薬種問屋『大黒堂』の隠居宗平の聞き書きを始めた。

「座頭は、捨吉に諸国の薬草なども教え始めましてね……」

宗平は、大昔を懐かしむかのように眼を瞑った。

「ほう、薬草ですか……」

麟太郎は眉をひそめた。

「ああ。軽業一座に怪我《けが》は付き物。打身や骨を折った時の湿布《しっぷ》や貼り薬は勿論、急な腹痛や風邪に効く薬草なんかをね。座頭は捨吉に詳しく教え始めた……」

宗平は、眼を瞑ったまま語り続けた。

「成る程……」

旅廻りの軽業一座の座頭が、薬草に詳しいのは当然なのかもしれない。

麟太郎は納得した。

「そして、捨吉が十八歳になった時、座頭は常陸牛久《ひたちうしく》の織物問屋の旦那のお屋敷に招かれ、いつものように捨吉たちを連れて行って御馳走になり、常陸牛久での興行を終えた。そして、土浦《つちうら》に行き、筵掛《むしろが》けの小屋を作っていた夜、座頭は一座の主だったものと捨吉を連れて牛久に駆け戻り、招いてくれた織物問屋の旦那のお屋敷に押込んだ……」

宗平は、淡々と語った。

「押込んだ……」

麟太郎は眉をひそめた。

「ああ。軽業一座の者たちは軽々と塀を越え、招かれた時に秘かに調べておいたお屋敷の金蔵を破り、金やお宝を盗んだ……」

「御隠居、旅廻りの軽業一座は盗賊の一味だったのか……」

麟太郎は、厳しさを滲ませた。

「軽業一座が盗賊一味になったのか、盗賊一味が軽業一座になったのか、どっちが先かは分からないがね……」

宗平は、楽しげな笑みを浮かべた。

「じゃあ、捨吉は盗賊になっていたのか……」

「ああ。自分の知らない内にいつの間にかな。まったく人の運命なんて一寸先は闇、分からないものだよ」

宗平は、楽しげに笑った。

「ええ……」

麟太郎は頷くしかなかった。

「それで捨吉は……」

麟太郎は、宗平に話の先を促した。

しかし、宗平はいつの間にか眠りに落ちていた。


「御苦労さまでした。どうぞ……」

おきぬは、麟太郎に茶を差し出した。

「戴きます」

麟太郎は茶を飲んだ。

「お父っつあんの話は進んでいますか……」

「ええ、まあ……」

麟太郎は、おきぬに宗平のする話の内容は教えなかった。

今の処、宗平の話は絵草紙にする為の筋立てに過ぎないのだ。

「でも、絵草紙になる程、面白いのかしら……」

おきぬは苦笑した。

「そいつは、未だ何とも云えませんがね。処でおきぬさん、御隠居の飲んでいる煎じ薬は、云う迄もなく大黒堂の物ですね」

麟太郎は念を押した。

「そりゃあもう。ですが、大黒堂の煎じ薬は煎じ薬ですが、お父っつあんは自分で採ってきた薬草で、自分で調合した薬しか飲まないし、使わないんですよ」

おきぬは告げた。

「自分が採って来た薬草で、自分で調合した薬ですか……」

薬種問屋『大黒堂』の隠居の宗平は、自分の採って来た薬草を材料にし、自分で作った薬だけを使っているのだ。

麟太郎は知った。

「ええ。お父っつあん、自分が調合した薬しか、信用しちゃあいないんですよ。お客さまには職人さんたちが調合した薬を売っているのに……」

おきぬは呆れた。

隠居の宗平は、どうして己の採って来た薬草で作った薬しか使わないのか……。

鱗太郎は読んだ。

隠居の宗平は、他人の作った薬を信用していないのだ。

そこには、信用しなくなった理由がある筈なのだ。

親しい者が、他人の作った薬を飲んで死んだりしたのかもしれない。

毒でも盛られたか、それとも毒を盛られる恐れがあるのか……。

「そうですか。じゃあ、大黒堂を継いだ旦那や番頭も苦笑いですね」

「そりゃあもう。でも番頭の文蔵は、お父っつあんにしょっちゅう小言を云われていたから、下手な薬を持って来て叱られるよりは、良かったと思っていますよ」

おきぬは笑った。

「へえ。御隠居、番頭と余り上手くいっていなかったのですか……」

鱗太郎は知った。

「上手くいっていなかったと云うより、肌が合わないと云うか、反りが合わないと云うか、お父っつあんも、番頭の文蔵が仕事が出来るのは分かっているんですけどね」

「じゃあ御隠居と番頭、今はもう付き合いはないのですか……」

「ええ。お父っつあん、大黒堂はもう甥の政吉さんに譲り渡したからって……」

「もう、何の拘《かか》わりもありませんか……」

「はい。お父っつあんはそう云っています」

「そうですか……」

麟太郎は頷いた。

隠居の宗平は、薬種問屋『大黒堂』や番頭の文蔵と一切の縁を切っていた。それなのに何故、番頭の文蔵は宗平を見張り、その動きを探るのだ。

麟太郎は、想いを巡らした。


麟太郎は、隠居宗平の家を出て辺りを油断なく窺った。

石神井用水のせせらぎが軽やかに響き、長閑な気配が漂っていた。

紋次や不審な者の姿は見えない。だが、紋次は何処かから見張っているか、時雨の岡で待っているのかもしれない。

麟太郎は苦笑し、石神井用水沿いの小径を西に向かった。

根岸の里は、下谷広小路から山下を抜けて奥州街道裏道を通って東から来る道筋と、上野の山裾を廻って西にある谷中天王寺《てんのうじ》の脇の芋坂《いもざか》から来る道筋がある。

麟太郎は、根岸の里の隠居の宗平の家を出て、いつもとは違う谷中天王寺脇の芋坂に向かう道筋に進んだ。そして、石神井用水に架かっている小橋を渡り、芋坂に向かった。

背後に追って来る人の気配がした。

麟太郎は、芋坂の途中に立ち止まって振り返った。

昨夜の髭面の浪人が、新たな四人の浪人たちと芋坂を駆け上がって来た。

やはり、時雨の岡の辺りで待ち伏せでもしていたか……。

麟太郎は苦笑し、芋坂の傍《かたわら》の林に落ちていた木の枝を拾い、枯葉を落して一振りした。

木の枝は短い音を鳴らした。

よし、さあ来い……。

麟太郎は木の枝を握り、芋坂を駆け上がって来る髭面の浪人たちを待った。

髭面の浪人は、足取りを遅らせた。

四人の浪人たちは、麟太郎が木の枝を握っているのを見て命は取られないと読み、刀を抜いて猛然と斬り掛かった。

麟太郎は踏み込んだ。

先頭にいた浪人が驚き、怯《ひる》んだ。
麟太郎は、先頭の浪人の首筋を木の枝で鋭く打ち据えた。
先頭の浪人は、白目を剝《む》いて昏倒した。
麟太郎は尚も踏み込み、木の枝で二人目の浪人の脇腹を鋭く打ち抜いた。
二人目の浪人は前のめりに崩れた。
三人目の浪人が猛然と斬り付けた。
麟太郎は、咄嗟《とっさ》に木の枝を投げ付けた。
木の枝は、斬り付けた三人目の浪人の顔に当たった。
三人目の浪人は鼻血を振り撒《ま》き、顔を覆って蹲《うずくま》った。
「おのれ……」
四人目の浪人が刀を構えて迫った。
麟太郎は、僅かに腰を沈めて抜き打ちの構えを取った。
四人目の浪人は身を翻し、芋坂を駆け降りて逃げた。
髭面の浪人が続いた。
麟太郎は苦笑し、倒れて踠《もが》いている三人の浪人を残して芋坂をあがった。

天王寺の前には岡場所があり、遊び客で賑わっていた。

麟太郎は、天王寺門前の道を谷中八軒町に向かった。

谷中八軒町には、隠居の宗平を往診している町医者の弦石の家がある。

麟太郎は、町医者の弦石に隠居宗平の病が何か詳しく尋ねるつもりだった。


神田鍋町の呉服屋『大菱屋』の主の久右衛門《きゆうえもん》を往診しているのは、三河町《みかわちよう》で本道医の看板を掲げている桂井清庵《かつらいせいあん》だった。

亀吉は、町医者の桂井清庵を訪れた。

「呉服屋大菱屋の久右衛門旦那の病か……」

町医者の桂井清庵は眉をひそめた。

「はい。どんな病なのか教えちゃあ戴けませんか……」

亀吉は、懐の十手を見せて尋ねた。

「しかし、なあ……」

清庵は躊躇《ためら》った。

「清庵先生、あっしに話せないと仰《おつしや》るなら南町奉行所の同心の旦那に来て貰いますが……」

亀吉は、お上《かみ》の力に縋《すが》った。

「いや、それには及ばぬ……」

清庵は、諦めたように溜息を吐いた。

「清庵先生……」

「うむ。大菱屋の久右衛門の旦那は、胃の腑に質《たち》の悪い腫《は》れ物が出来る死病でな、お気の毒にもう長くはない」

「胃の腑に質の悪い腫れ物の出来る死病……」

亀吉は、恐ろしげに眉をひそめた。

「うむ。胃の腑に激痛が走ってな。そりゃあもう七転八倒する恐ろしい病だ」

「治らないのですか……」

「今の医術ではどうにもならぬ……」

「それで死病ですか……」

「左様。出来る事は、痺《しび》れ薬でも飲んで胃の腑に走る激痛を和らげるぐらいしかない……」

「痺れ薬ですか……」

亀吉は眉をひそめた。

「だが、効くのは最初の内だけでな。次第に慣れて効かなくなる」

清庵は、吐息混じりに告げた。

薬種問屋『大黒堂』の番頭文蔵は、そうした痺れ薬を呉服屋『大菱屋』に届けに行ったのかもしれない。

それにしても、番頭の文蔵がどうして……。

亀吉の疑念は募った。

隠居の宗平の病は、心の臓の衰えと歳を取ると共に痛み出した腰の古疵だった。

おきぬの云う通りだ……。

麟太郎は、宗平の病が仮病ではなく本当だと見定め、谷中八軒町の町医者藤本《ふじもと》弦石の家を後にした。

岡場所の賑わいは続いていた。

四

居酒屋は賑わっていた。

麟太郎と亀吉は落ち合い、酒を飲んで飯を食べた。

「痺れ薬ですか……」

麟太郎は眉をひそめた。

「ええ。呉服屋大菱屋の久右衛門旦那は胃の腑に質の悪い腫れ物が出来る死病で、物凄い痛みに襲われるそうでしてね。そいつを治めるには痺れ薬ぐらいしかないそうです」

亀吉は告げた。

「じゃあ、文蔵が届けた薬は、その痺れ薬なのですか……」

麟太郎は読んだ。

「きっと……」

亀吉は頷いた。

「それにしても、番頭の文蔵が届ける程の痺れ薬とは、どんな薬なんですかね」

麟太郎は気になった。

「そいつなんですよね。ま、何とか突き止めようと思っていますよ」

「済みませんね。面倒を掛けてしまって……」

麟太郎は詫びた。

「いいえ。それより、大黒堂の隠居の絵草紙、どうなっているんですか……」

「そいつが、捨吉を拾って軽業を仕込んだ一座の座頭、実は盗賊でね」

「盗賊……」

亀吉は驚いた。

「ええ。それで捨吉もいつの間にか盗賊の一味になっていた……」

「いつの間にか盗賊にねえ……」

「ええ。今日は此処《ここ》迄でしたが、次はどうなるのやら……」

麟太郎は苦笑した。

居酒屋の店内には、酔客たちの楽しげな笑い声が溢《あふ》れた。

捨吉は軽業を仕込まれ、盗賊に仕立て上げられた。

人の運命とは分からぬものだ……。

そして、捨吉は軽業一座の座頭に薬草の知識も叩き込まれた。

ひょっとしたら、捨吉の物語は隠居の宗平と拘りがあるのかもしれない。

麟太郎は、手控帖を見ながら隠居の宗平に聞いた話を纏《まと》めた。

隠居の宗平の絵草紙もそろそろ結末が近い筈だ。

どんな結末になるのやら……。

麟太郎は、宗平に聞いた話を纏め続けた。

閻魔長屋の外には、夜廻りの木戸番の打つ拍子木の音が甲高《かんだか》く響いた。


「ほう。胃の腑に質の悪い腫れ物の出来る死病か……」

南町奉行所臨時廻り同心の梶原八兵衛は、亀吉に訊き返した。

「はい。御存知ですか……」

「うむ。確か内与力《うちよりき》の正木さまのお知り合いが罹ったと聞いた覚えがある。何でも七転八倒の激痛に襲われるそうだが、その病がどうかしたのか……」

「いえ。その痛みを治める痺れ薬があるそうですが、どんな薬か分かりますか……」

亀吉は尋ねた。

「さあて。俺は知らないが、正木さまなら御存知かもしれないな」

「正木さまですか……」

亀吉は肩を落した。

内与力の正木平九郎は、下っ引の亀吉が容易に近付ける相手ではない。

「梶原の旦那、正木さまに伺ってみては戴けませんか……」

連雀町《れんじゃくちょう》の辰五郎が口添えした。

「よし。ちょいと待っていろ……」

梶原は身軽に立ち上がり、同心詰所を出て行った。

「すみません、親分……」

「どんな痺れ薬か分かると良いな……」

辰五郎は笑った。

旅の軽業一味の盗賊働きは続いた。

「だが、悪事千里を走るの諺《ことわざ》通り、そんな事がいつ迄も続く筈もなく、軽業一座が盗賊一味だと役人たちに知れ、座頭はお縄になって捨吉は逃げた……」

隠居の宗平は語り続けた。

「逃げましたか、捨吉は……」

「ええ。そして、役人たちに追われ、崖から渓流《けいりゅう》に落ちて辛《かろ》うじて逃げ切った……」

宗平は薄く笑った。

「そいつは良かった……」

麟太郎は笑った。

「ああ。だが、捨吉は腰に大怪我をして森に隠れ住み、座頭仕込みの薬草で手当てを続けて怪我を治した」

「怪我とは腰の怪我だな……」

「ああ……」

宗平は腰に古疵を持っており、それが歳と共に痛み出して動けなくなっている。

腰の古疵は、捨吉が崖から落ちた時の傷なのかもしれない。

麟太郎は睨んだ。

「以来、捨吉は薬草採りを生業《なりわい》にし、薬種問屋に売り歩いた……」

「そして、やがては江戸で店を持ったか……」

麟太郎は読んだ。

「さあて、そいつはどうかな……」

宗平は、小さな笑みを浮かべた。

「御隠居……」

「捨吉は名を変え、江戸の片隅で静かに暮らし続けた。閻魔堂赤鬼先生、私の絵草紙の筋立ては此処迄だ」

宗平は、小さな吐息を洩らした。

「終わりか……」

「ああ。後は赤鬼先生が面白可笑《おか》しく絵草紙にしてくれれば良い。宜しく頼みますよ」

宗平は、安堵したかのように眼を瞑った。

「心得た。ならば御隠居、一つ訊きたいのだが、七転八倒する程の胃の腑の痛みを治める薬にどのような物がある……」

麟太郎は訊いた。

「胃の腑の痛みを治める薬……」

「うん。知っているなら教えて欲しい……」

麟太郎は頼んだ。

「七転八倒する程の痛みを治める薬となると、阿片《あへん》しかない……」

宗平は云い放った。

「阿片……」

麟太郎は眉をひそめた。

「ああ。御禁制の阿片。効いている内は極楽、効き目が失せたら地獄の阿片……」

宗平は、眼を瞑ったまま淡々と告げた。

「そうか、阿片か……」

麟太郎は頷いた。

薬種問屋『大黒堂』の番頭文蔵は、呉服屋『大菱屋』の主の久右衛門に阿片を渡しているのかもしれない。

麟太郎は睨んだ。

「ああ。阿片を扱い、金儲けをする外道は生かしちゃあおけねえ……」

宗平は、瞑っていた眼を開けて吐き棄てた。

暗く鋭い眼だった。

麟太郎は、宗平が秘かに阿片を扱っていると思われる番頭の文蔵を嫌っているのに気が付いた。


連雀町の辰五郎と亀吉は、南町奉行所の用部屋の庭先に控えた。

内与力の正木平九郎と梶原が、濡縁《ぬれえん》に出て来て座った。

「亀吉、胃の腑の質の悪い腫れ物の痛みを鎮める痺れ薬を使っている者がいるのか……」

平九郎は、亀吉に尋ねた。

「はい。左様にございます」

「うむ。して、その一件、青山麟太郎どのも拘っているのかな」

「拘っているどころか、あっしは麟太郎さんに頼まれて探っている訳でして……」

「やはりな……」

平九郎は苦笑した。

「はい……」

「亀吉、胃の腑の質の悪い腫れ物の痛みを鎮める痺れ薬は、おそらく阿片だろう」

平九郎は睨んだ。

「阿片……」

亀吉は驚き、梶原と辰五郎は緊張した。

阿片は鎮痛や催眠を促進する薬だが、昏睡や呼吸麻痺《まひ》を引き起こす中毒性の毒でもあり、公儀《こうぎ》は御禁制の品としていた。

御禁制と云っても医療目的の使用は認められており、希《まれ》に使われる事があった。

阿片は中毒性が強く、快楽を得ようとする者たちが秘かに使い、禁断症状を起こした者は狂乱する。

「御禁制の阿片が胃の腑の激しい痛みを鎮めるのですか……」

梶原は眉をひそめた。

「うむ。元々阿片は鎮痛や麻酔の薬だと聞く、胃の腑の痛みを鎮めても不思議はない」

平九郎は教えた。

「そうなんですか……」

「だが、そいつが快楽を得る為に使われ、禁断症状を起こして使う者を狂乱させる。つまり、阿片は人を滅ぼし、国を滅ぼす。それ故の御禁制の品だ。亀吉、阿片を扱っているかも知れぬ薬種屋は何処だ……」

「はい。上野北大門町の薬種問屋大黒堂にございます」

亀吉は告げた。

「よし。梶原、薬種問屋大黒堂を探ってみろ」

平九郎は命じた。

隠居の宗平は、いつものように語り終えて眠った。

「そうですか、お父っつあん、絵草紙の筋立てを話し終えましたか……」

「ええ……」

「御苦労さまでした。じゃあ約束通り、残りの半金を……」

「おきぬさん、約束は御隠居の語る筋立てを絵草紙にする迄です。半金はその後で結構です」

「分かりました。じゃあ、絵草紙が出来てからお渡しします」

「ええ。じゃあおきぬさん、戯作者名をどうするか御隠居に訊いておいて下さい」

「あ、戯作者の名前なら閻魔堂赤鬼の弟子の青鬼《あおおに》で良いじゃありませんか……」

おきぬは明るかった。

「閻魔堂青鬼か……」

麟太郎は苦笑した。


夕暮れ時。

麟太郎は、亀吉と落ち合う約束をした居酒屋を訪れた。

居酒屋には、亀吉が梶原八兵衛や辰五郎と来ていた。

胃の腑の質の悪い腫れ物の痛みを鎮める薬が阿片だと気が付いた……。

麟太郎は、梶原と辰五郎が来ている理由を読んだ。

「阿片ですか……」

麟太郎は、酒を飲みながら尋ねた。

「ええ。大黒堂の番頭の文蔵が大菱屋の旦那に渡している薬、どうやらそのようです」

亀吉は頷いた。

「それで、番頭の文蔵が屋敷に出入りしている得意先を秘かに洗ったのだが、大身旗《たいしん》本や大店の旦那などがいてね。いろいろ悪い噂があったよ」

梶原は苦笑した。

「じゃあ文蔵、痛みを鎮める薬として使う他にも……」

麟太郎は眉をひそめた。

「寧《むし》ろ薬としてよりも、他の使い方の方が多いようだ……」

梶原は、腹立たしげに酒を飲んだ。

「じゃあ……」

「うむ。何しろ御禁制の阿片だ。大黒堂の文蔵、何処から手に入れているのか。南町奉行所としてはそいつを突き止め、仕組みを潰し、拘っている者を残らずお縄にする」

梶原は、厳しい面持ちで告げた。

「そうですか……」

「処で麟太郎さん、御隠居の絵草紙の筋立ての聞き書き、どうなりました」

辰五郎は訊いた。

「一応、今日で終りましてね。後は閻魔堂赤鬼が如何に面白可笑しく書くかです」

麟太郎は笑った。

「そいつは楽しみですが、麟太郎さん、阿片に御隠居の拘りは……」

辰五郎は心配した。

「御隠居は阿片を嫌っており、金儲けに使う外道は生かしておけないと……」

麟太郎は告げた。

「本音でしょうね」

辰五郎は念を押した。

「ええ。嘘偽りはないと思います」

麟太郎は頷いた。

夜の下谷広小路に行き交う人影はなかった。

上野北大門町の薬種問屋『大黒堂』は、大戸を閉めていた。

左足を僅かに引き摺る小柄な男が現われ、薬種問屋『大黒堂』の前の暗がりに佇《たたず》んで辺りを窺った。

隠居の宗平だった。

宗平は辺りに人影がないのを見定め、薬種問屋『大黒堂』の横の路地に素早く入って行った。

その素早い動きには、元軽業師で盗賊だった片鱗が窺われた。

薬種問屋『大黒堂』の店内には、奉公人たちの楽しげな笑い声が洩れていた。

番頭の文蔵の部屋は、店と主の政吉たちが暮らしている母屋《おもや》の間にあった。

文蔵は、酒を飲みながら阿片の密売先などを帳簿に細かく付けていた。

行燈の明かりが揺れた。

文蔵は、怪訝《けげん》に戸口を振り返った。

宗平がいた。

「ご、御隠居さま……」

文蔵は狼狽えた。

「暫《しばら》くだね、文蔵……」

宗平は、笑みを浮かべて文蔵に飛び掛かり、心の臓に匕首《あいくち》を叩き込んだ。

文蔵は、驚愕に眼を瞠《みは》って息を飲んだ。

「阿片には、手を出すなと云った筈だ。死んで貰うよ……」

宗平は匕首で抉《えぐ》った。

文蔵は、苦しそうに喉《のど》を鳴らして息絶えた。

宗平は、文蔵の死を見定めて匕首を引き抜いた。

障子に赤い血が飛んだ。

刹那、宗平は顔を苦しげに歪め、心の臓を押さえて蹲った。

麟太郎と亀吉は、梶原や辰五郎と別れて薬種問屋『大黒堂』の様子を見に来た。

薬種問屋『大黒堂』は夜の闇に沈んでいた。

「変わった様子はありませんね」

「ええ……」

次の瞬間、『大黒堂』の横の路地から人影が走り出た。

「麟太郎さん……」

亀吉は緊張した。

「私が追います。亀さんは大黒堂を……」

「承知……」

麟太郎は人影を追い、亀吉は『大黒堂』に走った。


人影は左足を僅かに引き摺りながら、下谷広小路から谷中に向かっていた。

麟太郎は追った。

人影は、仁王門前町《におうもんぜんちょう》から不忍池《しのばずのいけ》の畔《ほとり》に進んで何かを投げ込んだ。

小さな水飛沫が煌めいた。

人影はよろめき、畔の草むらに倒れ込んだ。

どうした……。

麟太郎は走った。


人影は、草むらに仰向けになり、星の煌めく夜空を見上げた。

その顔には、満足げな笑みが浮かんでいた。

駆け寄って来た麟太郎は、草むらに倒れ込んだ人影が宗平だと気が付いた。

「御隠居……」

麟太郎は眉をひそめた。

「こりゃあ赤鬼先生……」

苦笑した宗平の顔には、既に死相が浮かんでいた。

「どうした。心の臓が苦しいのか……」

麟太郎は戸惑い、焦った。

「赤鬼先生、阿片で金儲けをしている外道を始末しましたよ」

宗平は、微かな安堵を滲ませた。

「何だと……」

「何度も止《や》めろと云ったんですがね。あっしが心の臓の病で倒れたのを良い事に……」

「番頭の文蔵を殺したのか……」

「放って置けば世間さまに迷惑を掛けるだけの外道。そうさせてしまったのは元の主のあっしだ。地獄への道連れにしてやった……」

「御隠居……」

「もう心残りは何もない。赤鬼先生、絵草紙、楽しみにしていますよ……」

宗平は、穏やかに微笑んで絶命した。

「御隠居、宗平……」

麟太郎は、宗平に手を合わせた。

薬種問屋『大黒堂』の隠居宗平は死んだ。

麟太郎は、宗平の死体を背負って根岸の里に向かった。

宗平の死体は軽かった。

魚が跳ねたのか不忍池に波紋が広がり、水面《みなも》に映える月影が揺れた。


薬種問屋『大黒堂』の番頭文蔵は、何者かに殺された。

臨時廻り同心の梶原八兵衛は、連雀町の辰五郎や亀吉と探索を開始した。

犯人は文蔵の心の臓を抉っており、忍び込んだ形跡を何処にも残してはいなかった。

「玄人《くろうと》の仕業か……」

梶原は眉をひそめた。

旦那の政吉は、唯々狼狽えるだけで何も知らなかった。

「旦那……」

阿片を探していた辰五郎がやって来た。

「あったか……」

「いいえ。薬簞笥《くすりだんす》の全部を調べてもなく、奉公人たちに訊いても知りませんでした」

阿片は何処にもない……。

「文蔵の部屋をもう一度、詳しく調べてみるか……」

梶原は、微かな苛立ちを滲ませた。


薬種問屋『大黒堂』の番頭文蔵を殺した者の手掛りは何もなく、阿片の欠片《かけら》も見付からなかった。

阿片は、文蔵を殺した者が持ち去ったのかもしれない。

梶原は、辰五郎や亀吉と地道に文蔵殺しの探索を進めるしかなかった。


隠居の宗平の弔いは、娘のおきぬたちと麟太郎によってささやかに行われた。

「それにしてもお父っつあん、夜中に何処に行っていたのかしら……」

おきぬは、戸惑いを浮かべていた。

「御隠居、自分の作った大黒堂を眺めに行ったのかもしれぬな……」

麟太郎は、宗平が薬種問屋『大黒堂』の番頭文蔵を殺した事を告げなかった。

「そうですか、大黒堂の御隠居、亡くなったのですか……」

亀吉は眉をひそめた。

「ええ。絵草紙の筋立てを語り終え、ほっとしたのかもしれません」

麟太郎は、淋しげな笑みを浮かべた。

「きっと、そうかもしれませんね」

亀吉は頷いた。

「で、大黒堂に阿片はあったのですか……」

「いいえ。文蔵の部屋の天井裏から縁の下、隅から隅迄何度も検《あらた》めたのですが、何処にもありませんでした」

亀吉は、悔しげに首を横に振った。

「そうですか……」

麟太郎は、宗平が不忍池に何かを投げ込んだのを思い出した。

阿片だったのかもしれない……。

麟太郎は読んだ。

隠居の宗平は、何もかも綺麗に掃除をして死んで行ったのだ。

「処で麟太郎さん、あの夜、大黒堂から出て行った人影は……」

「そいつが、谷中で見失いましてね……」

麟太郎は惚けた。

阿片が見付からない限り、番頭の文蔵は押込んだ盗賊に気が付いて殺されたとしか思えなかった。

内与力の正木平九郎は、南町奉行の根岸肥前守《ひぜんのかみ》に事の次第を報せた。

「そうか、肝心の番頭の文蔵が殺され、阿片も見付からず、事は闇の彼方か……」

肥前守は眉をひそめた。

「はい。無念にはございますが、阿片の探索、此迄と致します」

平九郎は、胃の腑の薬として使っていた『大菱屋』の主と番頭を目溢《めこぼ》しした。

「うむ。して、文蔵殺しは如何致した……」

「押込みと殺しの手口から見て玄人。今、梶原たちが追っています」

「そうか。処で平九郎、此度の一件、麟太郎は拘ってはいないのか……」

「いいえ。寝た切りの薬種問屋大黒堂の隠居が考えた筋立てを絵草紙にするのに雇われ、番頭の文蔵が悪事を働いているのに気付いたそうにございます……」

「そうか。して、その大黒堂の隠居は……」

「文蔵が殺された夜、心の臓の発作で息を引き取ったとか……」

「ほう。文蔵が殺された夜にな……」

肥前守は苦笑した。


麟太郎は、隠居の宗平に聞いた筋立てを絵草紙に書いた。

捨吉は、薬草の行商人から薬種問屋を構える迄になった。そして、痛みに苦しむ病人に秘かに阿片を処方し、生涯を楽に終えさせてやった。だが、その阿片で金儲けをする悪党が現われた。

捨吉はそうした悪党を闇に葬り、世間から静かに姿を消した。

麟太郎は、書き上げた絵草紙に『江戸の白波、地獄に道連れ』と表題を付け、地本問屋『蔦屋』に持ち込んだ。

お蔦は気に入り、閻魔堂赤鬼と青鬼の共作として売る事にした。

隠居の宗平が語った捨吉の話は、宗平自身の一代記なのだ。

麟太郎は睨んでいた。

隠居の宗平は、旅の軽業一座の盗賊であり、やがて薬種問屋『大黒堂』を営んだ。

宗平は、自分の秘められた生涯を書き残し、誰かに知って貰いたかったのだ。だが、語った事がすべて事実だと云う証《あかし》は何もない。

人は己の本当の姿を隠し、別の自分を装って生きているのかもしれない。そして、生涯を終えようと云う時、本当の姿を露《あら》わにしたくなるのかもしれない。

それでも良い……。

麟太郎は、筋立てを語る隠居の宗平が穏やかで楽しげだったのを忘れない。

第四話　美人画

一

閻魔《えんま》長屋は、おかみさんたちの洗濯も終わり、静けさに覆われた。

戯作者《げさくしゃ》の閻魔堂赤鬼《あかおに》こと青山麟太郎の家の腰高障子《こしだかしょうじ》が開いた。

下帯一本の麟太郎が現れ、誰もいない井戸端に走った。そして、歯を磨いて顔を洗い、頭から水を被《かぶ》った。

水飛沫《みずしぶき》は飛び散った。

冷たい水は、麟太郎の寝不足の頭と身体を目覚めさせた。

麟太郎は、水を何杯も浴びて身震いをした。

引き締まった身体に弾き飛ばされた水飛沫は煌《きら》めいた。

浜町堀《はまちようぼり》の流れは緩《ゆる》やかだった。

麟太郎は、閻魔堂に手を合わせ、浜町堀沿いの道を通《とおり》油町《あぶらちょう》の地本《じほん》問屋『蔦屋《つたや》』に軽い足取りで向かった。

その懐《ふところ》には、書き上がったばかりの絵草紙の原稿が入っていた。

地本問屋『蔦屋』の二代目主《あるじ》のお蔦は、閻魔堂赤鬼が持参した新作絵草紙の原稿を読み始めた。

麟太郎は、落ち着かない風情でお蔦が読み終わるのを待った。

出された茶は茶碗の底に僅《わず》かに残り、とっくに冷え切っている。

麟太郎は、茶碗の底に僅かに残っている冷えた茶を啜《すす》った。

「良いじゃあない……」

お蔦は、原稿を読み終わった。

「そうか。良いか……」

麟太郎は喜び、満面を綻《ほころ》ばせた。

「ええ。ぎりぎりだけどね」

お蔦は苦笑した。

「そうか、ぎりぎりか。ま、それでもありがたい……」

何はともあれ、此《これ》で飯が食える……。

麟太郎は安堵した。

「な、何をするんですか、止《や》めて下さい……」

店から番頭の幸兵衛の叫び声がした。

お蔦は眉をひそめた。

「うん。どうした……」

麟太郎は、怪訝《けげん》な面持ちで立ち上がった。

地本問屋『蔦屋』の店先では、印半纏《しるしばんてん》を着た若い職人が帳場にいる番頭幸兵衛の胸《むな》倉《ぐら》を鷲摑《わしづか》みにしていた。そして、手代や小僧、客たちが恐ろしげに立《た》ち竦《すく》んでいた。

「誰だ。何処《どこ》の誰なんだ……」

若い職人は血相を変え、幸兵衛に激しく詰め寄った。

刹那《せつな》、奥から出て来た麟太郎が、幸兵衛の胸倉を鷲摑みにしていた若い職人の腕を捻《ひね》りあげた。

若い職人は悲鳴を上げ、身を捩《よじ》って顔を床に擦《こす》り付けた。

「どうしたの……」

お蔦は、幸兵衛に尋ねた。

「は、はい。こちらが急に此《こ》の美人画を描いた絵師は何処の誰だと……」

幸兵衛は、一枚の錦絵《にしきえ》の美人画を示した。

「此の絵を描いた絵師……」

お蔦は眉をひそめた。

「ええ。で、いきなり手前の胸倉を……」

幸兵衛は、恐ろしげに若い職人を見た。

「どう云《い》う事だ……」

麟太郎は、若い職人の捻り上げていた腕を放した。

「すみません……」

若い職人は、捻り上げられた腕を撫でながら身を起こし、幸兵衛に詫《わ》びた。

若い職人は、粗野《そや》で気が短そうだが、無頼の徒ではないようだ。

手代や小僧、そして客たちが眉をひそめて囁《ささや》き合った。

「此処《ここ》じゃあ商いの邪魔だから、部屋にあがって下さいな……」

お蔦は、帳場の奥の部屋を示した。

若い職人は、膝を揃《そろ》えて身を固くしていた。

お蔦と幸兵衛、麟太郎は、若い職人と向かい合った。

「先《ま》ずは、お前さんの名前を教えて貰《もら》いましょうか……」

お蔦は、若い職人を見据えた。

「はい。あっしは入谷《いりや》に住んでいる大工の宇之吉《うのきち》と申します」

若い職人は、大工の宇之吉と名乗った。

「じゃあ宇之吉さん、此の美人画を描いた絵師がどうしたのか、聞かせて下さいな」

お蔦は、美人画を示して宇之吉を促した。

「絵師じゃあなくて、絵に描かれている女です……」

宇之吉は、美人画に描かれている女を哀《かな》しげに見詰めた。

美人画は、浴衣《ゆかた》姿の若い女が線香花火をしている姿を描いたものだった。

「描かれている女……」

お蔦は、美人画に描かれた浴衣姿の若い女を見直した。

線香花火を見詰める若い女は微笑《ほほえ》み、その口元には小さな黒子《ほくろ》があった。

「はい……」

宇之吉は頷《うなず》いた。

「描かれている女、知り合いなのか……」

麟太郎は尋ねた。

「はい……」

「どんな知り合いなんだ……」

「幼馴染《おさななじみ》で言い交わした仲です」

宇之吉は告げた。

「幼馴染で言い交わした仲……」

麟太郎とお蔦は、顔を見合わした。

「はい。餓鬼《がき》の頃に同じ長屋に住んでいまして、お互い奉公に出て、大人になって出逢った時、言い交わしたんです」

「じゃあ、許嫁《いいなずけ》って事ね……」

お蔦は念を押した。

「はい……」

「して、その許嫁が絵に描かれていたか……」

「はい……」

「偶々《たまたま》、その幼馴染の許嫁にちょいと似ているだけじゃあないのですか……」

幸兵衛は、宇之吉に疑わしそうな眼を向けた。

「いいえ。此の顔、此の目付き、何と云っても此の口元の黒子、おふみちゃんに違いありません」

宇之吉は、必死に告げた。

「おふみちゃん……」

お蔦は訊《き》き返した。

「はい。許嫁はおふみと云いまして、一月《ひとつき》ぐらい前に行方知れずになって捜していたんです。そうしたら、錦絵の美人画に……」

「許嫁のおふみが描かれていたか……」

麟太郎は読んだ。

「はい……」

宇之吉は頷いた。

「でもねえ。顔の似ている人なんか大勢いるからねえ……」

幸兵衛は、宇之吉の云う事を信じず、疑い続けた。

「番頭さん……」

お蔦は、幸兵衛を睨《にら》んだ。

「処《ところ》でそのおふみさんってのは、どんな仕事をしていたのだ……」

　麟太郎は尋ねた。

「不忍池《しのばずのいけ》の畔《ほとり》の笹乃井《ささのい》って料理屋で住込みの仲居をしていました……」

「不忍池の畔の笹乃井か……」

「はい……」

「で、一月ぐらい前に姿を消した……」

　麟太郎は眉をひそめた。

「はい。笹乃井の女将《おかみ》さんや朋輩《ほうばい》も知らない内に。それで、此の絵を描いた絵師に訊けばおふみの事が何か分かるかと思って……」

　宇之吉は、縋《すが》る眼差しで美人画に描かれた若い女を見詰めた。

「それで絵師ですか……」

　お蔦は、宇之吉に同情した。

「番頭さん、此の絵を描いた絵師は歌川春仙《うたがわしゅんせん》さんですよね」

　お蔦は美人画を眺めた。

「はい。神田《かんだ》はお玉ヶ池にお住まいの歌川春仙さんですが。お嬢さん……」

　幸兵衛は、胡散臭《うさんくさ》そうに眉をひそめた。

「歌川春仙、お玉ヶ池ですね」

宇之吉は、今にも飛び出しそうな面持ちで尋ねた。

「ええ。麟太郎さん、宇之吉さん一人で行って、春仙さんが逢ってくれるかどうか分かりません。一緒に行ってくれますか……」

お蔦は、麟太郎に頼んだ。

「お嬢さん、別人、他人の空似だったらどうするんです。閻魔堂赤鬼先生の御迷惑ですよ」

幸兵衛は呆《あき》れた。

「もし、他人の空似だったら、それで良いじゃあない。別人だとはっきりして、宇之吉さんも納得出来るでしょう」

お蔦は微笑んだ。

「成る程。よし、分かった」

麟太郎は苦笑した。

神田お玉ヶ池は、通油町の地本問屋『蔦屋』から遠くはない。

麟太郎は、大工の宇之吉と共に小伝馬町《こでんまちょう》の牢屋敷の脇を抜け、神田小泉町《こいずみちょう》傍《そば》のお玉ヶ池に向かった。

「それにしても、蔦屋の出した美人画の女がおふみだと良く気が付いたな」

「そいつが、大工の朋輩があの絵を持っていまして、どうしたのだと訊いたら、蔦屋で買ったって……」

「それで来たのか……」

「はい。あの、お侍さまは閻魔堂赤鬼さまと仰《おつしや》るんですか……」

宇之吉は、恐る恐る尋ねた。

「うん。俺は閻魔堂赤鬼と云う絵草紙の戯作者だ……」

麟太郎は苦笑した。

玉池稲荷《たまいけいなり》は赤い幟旗《のぼりばた》を揺らし、お玉ヶ池には蜻蛉《とんぼ》が飛び交っていた。

浮世絵師歌川春仙の家は、玉池稲荷とお玉ヶ池の傍にあった。

麟太郎は、宇之吉を伴って歌川春仙の家を訪れた。

歌川春仙の家は、旗本屋敷の裏庭の隅に造られた家作《かさく》だった。

「御免。こちらは絵師の歌川春仙どののお住まいかな……」

麟太郎は、格子戸を開けて家の奥に声を掛けた。

家の奥から男たちの笑い声が聞こえた。

「御免……」

麟太郎は怒鳴った。

家の奥が静かになった。

「何方《どなた》かな……」

背の高い総髪の男が、酒の臭いを漂わせて奥から出て来た。

「私は地本問屋蔦屋の二代目に頼まれて来た者だが、絵師の歌川春仙どのはおいでかな」

麟太郎は尋ねた。

「絵師の歌川春仙は私だが、何か用かな……」

背の高い総髪の男が歌川春仙だった。

「ちょいと訊きたい事がありましてね。此の絵に描いた女は、何処の誰ですか……」

麟太郎は、春仙に美人画を見せた。

「ああ。この絵か……」

「描かれている女は何処の誰です」

「女……」

「ええ……」

「さあな……」

春仙は苦笑した。

「さあな、だと……」

麟太郎は、春仙を鋭く見据えた。

「待て。惚《とぼ》けている訳じゃあない。此の女はいつだったか神田明神境内《みようじんけいだい》の茶店で見掛けた女でな。口元の黒子が何とも色っぽい私好みの顔立ちが気に入り、そいつを思い出して描いた迄《まで》の話だ」

春仙は、取り澄ました顔に下卑《げび》た笑みを浮かべた。

「ならば、実際に女を見ながら描いたのではなく、覚えていた好みの顔を描いたと云うのですか……」

麟太郎は眉をひそめた。

「左様。さあ、もう良いだろう……」

春仙は、迷惑そうに吐き棄てた。

「手前……」

宇之吉は、春仙の胸倉を鷲掴みにした。

春仙は悲鳴を上げた。

奥にいる者たちが騒《ざわ》めいた。

「止めろ、宇之吉……」

麟太郎は、慌てて宇之吉を春仙から引き離した。


宇之吉は、お玉ヶ池の水で顔を洗った。

「すみませんでした。つい、かっとして……」

宇之吉は、麟太郎に詫びた。

「詫びる事はない。お前がやらなかったら俺がやっていたよ」

麟太郎は苦笑した。

「赤鬼先生……」

「気にするな……」

「歌川春仙、昔、見掛けた女を思い出して描いたのなら、おふみじゃあなかったんですね」

宇之吉は肩を落とした。

「そうかもしれないな……」

麟太郎は頷いた。

「ええ……」

宇之吉は、哀しげにお玉ヶ池を眺めた。

飛び交う蜻蛉は、お玉ヶ池の水面《みなも》に小さな波紋を重ねた。

「よし。宇之吉、神田明神に行こう」

麟太郎は告げた。

「えっ……」

「歌川春仙が云っていた神田明神の茶店に行って、口元に黒子のある女がいたか訊いてみよう」

麟太郎は、宇之吉を促した。

「はい……」

宇之吉は頷いた。

麟太郎と宇之吉は、神田明神に向かった。

お玉ヶ池から神田明神迄は遠くはない。

麟太郎と宇之吉は、神田川沿いの柳原《やなぎわら》の通りに出て神田八ツ小路に向かった。

誰かが見ている……。

麟太郎は、見詰める何者かの視線を感じてそれとなく背後を窺《うかが》った。

背後から来る者の中に痩《や》せた浪人がいた。

奴だ……。

麟太郎は、痩せた浪人が尾行《つけ》て来ていると睨んだ。

おそらく、絵師の歌川春仙の家の奥にいた男たちの一人だ。

尾行て来るのが歌川春仙の指図なら、云った事は信用出来ない。

歌川春仙は、おふみを知っているのかもしれない。

麟太郎は読んだ。

自ら尻尾《しっぽ》を出したか……。

麟太郎は苦笑した。

痩せた浪人は、気付かれたとも知らず尾行て来る。

麟太郎と宇之吉は、神田八ツ小路から神田川に架かっている昌平橋《しょうへいばし》を渡り、神田明神に急いだ。

神田明神は参拝客で賑《にぎ》わっていた。

麟太郎は、宇之吉と本殿に手を合わせて境内を見廻した。

石灯籠《いしどうろう》の陰に痩せた浪人がいた。

麟太郎は苦笑した。

宇之吉は、境内の隅にある茶店を見詰めていた。

茶店では老亭主と若い女が、忙しく客の応対をしていた。

「どうだ……」

「茶店の女はおふみじゃありません……」

宇之吉は首を横に振った。

「客の中にもいないか……」

「はい……」

「そうか……」

「赤鬼先生、歌川春仙の野郎、やっぱり口から出任せを云ったんですよ」

宇之吉は、微《かす》かな怒りを過《よ》ぎらせた。

「ま、焦《あせ》るな……」

麟太郎は苦笑し、茶店に向かった。

宇之吉は続いた。

「父《と》っつあん、茶を二つ、頼む……」

麟太郎は、茶店の老亭主に注文した。

「はい。只今……」

麟太郎と宇之吉は、縁台に腰掛けて茶の来るのを待った。

痩せた浪人は、相変わらず石灯籠の陰から見張っていた。

「おまちどおさまでした……」

老亭主は、麟太郎と宇之吉に茶を持って来た。

「父っつあん、ちょいと見て貰いたい絵があるんだが……」

「はい。絵にございますか……」

「うん。宇之吉……」

麟太郎は宇之吉を促した。

「はい……」

宇之吉は、線香花火をする口元に黒子のある若い女の美人画を見せた。

「この女を此処で見掛けたと云う者がいてな。どうだ、知らないかな……」

麟太郎は尋ねた。

「あれ。この娘……」

老亭主は微笑んだ。

「知っているのか……」

麟太郎は、思わず意気込んだ。

「は、はい。良く似た娘を……」

老亭主は、戸惑いを浮かべながら頷いた。

「何て名前ですか、おふみですか……」

宇之吉は身を乗り出した。

「いえ。おさよちゃんです」

「おさよ……」

麟太郎と宇之吉は、思わず顔を見合わせた。

「はい。此の絵の娘は、昔、此の店に手伝いに来てくれていたおさよちゃんに良く似ていますけど……」

老亭主は告げた。

茶店にいた女は、おふみに良く似た顔のおさよと云う名の娘なのだ。

「父っつあん、そのおさよ、今は何処にいる」

麟太郎は尋ねた。

「さあ。妻恋町《つまごいちょう》の長屋に住んでいたんですが、おっ母《か》さんが病で亡くなって一人きりになりましてね。おさよちゃん、それから何処かのお店の住込み奉公に出ましたよ」

老亭主は眉をひそめた。

「そうか……」

「はい……」

「宇之吉、やはりおふみではないようだな」

麟太郎は見定めた。

「はい。ですが、赤鬼先生……」

宇之吉は、緊張した面持ちで麟太郎を見詰めた。

「何だ……」

「おふみもお父っつあんを亡くして、不忍池の料理屋笹乃井に住込み奉公に出たんです」

宇之吉は、おさよとおふみが良く似た顔であり、境遇も似ているのに戸惑いを浮かべていた。

「何だと……」

麟太郎は眉をひそめた。

二

おふみは、錺職《かざりしょく》の父親が卒中《そっちゅう》で死んだ後、不忍池の畔にある料理屋『笹乃井』に住込み奉公に出た。そして、おふみに良く似た顔のおさよも母親が病で死んだ後、何処かのお店に住込み奉公に出た。

何《い》れにしろ、絵師の歌川春仙が神田明神の茶店で見掛けた女は、顔は良く似ているがおふみではなかった。

それならば、美人画に描かれた線香花火をする女はおふみではなく、茶店の女の居場所を突き止めたとしても無駄なのだ。

宇之吉のおふみ捜しの手掛りは消えた。

「赤鬼先生、御迷惑をお掛けしました……」

宇之吉は、麟太郎に詫びた。

「此で良いのか、宇之吉……」

「えっ……」

宇之吉は、麟太郎に怪訝な眼を向けた。

「おふみを捜しておさよに行き着いたように、おさよを捜せば、おふみの事が何か分かるかもしれぬ。それでも止めるか……」

「赤鬼先生……」

「俺なら付き合っても良いぞ……」

麟太郎は笑った。

「ありがとうございます」

宇之吉は、嬉しげに頭を下げた。

「じゃあ、妻恋町のおさよの暮らしていた長屋に行ってみるか……」

「はい……」

「よし。じゃあ、その前にちょいと片付けるか……」

麟太郎は苦笑した。

不忍池の畔には木洩《こも》れ日《び》が揺れていた。

麟太郎と宇之吉は、妻恋町に行く前に不忍池に廻った。

「赤鬼先生……」

宇之吉は戸惑いを浮かべた。

「宇之吉、振り向くな。お玉ヶ池から尾行て来ている浪人がいる」

「えっ……」

宇之吉は緊張した。

「おそらく、絵師の歌川春仙に頼まれての事だろう」

「でも、どうして……」

宇之吉は、戸惑いを浮かべた。

「俺たちに美人画に描かれた女を見付けられたら拙《まず》い事でもあるんだろう」

麟太郎は読んだ。

「拙い事ですか……」

宇之吉は眉をひそめた。

「ああ。そいつが何か吐かしてくれる」

麟太郎は、宇之吉を促して料理屋の木戸門を潜《くぐ》った。

尾行て来た痩せた浪人は、足取りを速めて料理屋の木戸門を覗《のぞ》き込んだ。

刹那、麟太郎が現れ、痩せた浪人を突き飛ばした。

痩せた浪人は、大きく飛ばされて尻餅を着いた。

麟太郎は、素早く駆け寄って痩せた浪人を蹴り上げた。

痩せた浪人は、仰向けに倒れた。

麟太郎は、押さえ付けて刀を奪い取った。

痩せた浪人は踠《もが》いた。

「歌川春仙は、何を恐れておぬしに後を尾行させたのだ」

麟太郎は、痩せた浪人に訊いた。

「し、知らぬ……」

痩せた浪人は、悔しげに顔を背けた。

次の瞬間、麟太郎の平手打ちが痩せた浪人の頬《ほお》に飛んだ。

痩せた浪人は怯《ひる》んだ。

「死に急ぐか……」

麟太郎は嘲笑した。

痩せた浪人に恐怖が衝《つ》き上げた。

麟太郎は、奪い取った刀を抜いて痩せた浪人の喉元《のどもと》に突き付けた。

痩せた浪人は、必死に仰《の》け反《ぞ》った。

「春仙は何を恐れている……」

麟太郎は、痩せた浪人の喉に刀を滑らせた。

喉に赤い糸が浮かんだ。

痩せた浪人は恐怖に震えた。

「震えるな。震えれば喉に刃が当たる……」

麟太郎は、冷たく云い放った。

「女衒《ぜげん》だ……」

痩せた浪人は、嗄《しわが》れ声を引き攣《ひ》らせた。

「女衒だと……」

麟太郎は眉をひそめた。

女衒とは、女を遊女に売る事を生業《なりわい》にしている者だ。

「ああ。春仙は女衒の真似をしているんだ」

痩せた浪人は吐いた。

「女衒の真似……」

麟太郎は知った。

絵師の歌川春仙は、女衒のように女を女郎屋に売り飛ばしているのだ。

人の売り買いは天下の御法度《ごはっと》だ。

それ故、女郎屋には十年の年季奉公と称する抜け道があった。

歌川春仙は、絵師でありながら女を年季奉公させて支度金と称する金を受け取って儲《もう》けているのだ。

麟太郎は、背が高く総髪の歌川春仙の取り澄ました顔を思い出した。

「しゅ、春仙が売った女におふみってのはいなかったか……」

宇之吉は、声を震わせて詰め寄った。

「知らぬ。俺は詳しい事は知らぬ……」

痩せた浪人は慌てた。

「よし、ならば、俺たちを途中で見失ったと歌川春仙に云え。さもなければ、命欲しさに何もかも己から吐いたと春仙たちに教えてやる」

痩せた浪人は、麟太郎の言葉に狼狽《うろた》えた。

麟太郎は笑った。

不忍池から明神下の通りに戻り、途中にある妻恋坂を上がれば突き当たりが妻恋町だ。

麟太郎と宇之吉は、妻恋町にあるおさよが暮らしていた長屋を訪れた。

長屋の井戸端では、二人のおかみさんがお喋りをしていた。

麟太郎と宇之吉は、二人のおかみさんにおさよの事を尋ねた。

「ああ。おさよちゃんなら病で寝込んでいたおっ母さんが亡くなって出て行きましたよ」

中年のおかみさんは告げた。

「うん。その後、住込み奉公したと聞いたが、何処の店か知っているかな……」

「さあ、そこ迄は知りませんよ。ねえ……」

中年のおかみさんは首を捻り、若いおかみさんに同意を求めた。

「ええ。いつだったかうちの亭主、亭主は小間物《こまもの》の行商をしているんですけどね。おさよちゃんに逢ったけど、顔の良く似た別人だったと云っていたぐらいですよ」

若いおかみさんは苦笑した。

「おさよにそっくりな女……」

麟太郎は眉をひそめた。

「そのおさよさんにそっくりな女、おふみって名前じゃありませんでしたか……」

宇之吉は声を弾ませた。

「さあ。そこ迄は……」

若いおかみさんは知らなかった。

「じゃあ御亭主、おさよにそっくりな女と何処で逢ったのかな……」

麟太郎は尋ねた。

「確か日本橋《にほんばし》は伊勢町《いせちょう》の雲母橋《きらずばし》で逢ったとか云っていたと思いますが……」

「雲母橋か。して、そのおさよと良く似た女はどんな形《なり》をしていたのかな……」

「前掛けをしていたそうですよ」

「前掛け……」

「赤鬼先生……」

「うん。ひょっとしたら雲母橋の近くのお店《たな》に奉公しているのかもしれないいな」

麟太郎は読んだ。

「はい……」

宇之吉は頷いた。

「よし……」

麟太郎と宇之吉は、二人のおかみさんに礼を云って日本橋に向かった。

西堀留川《にしほりどめがわ》の澱みは、夕陽を浴びて鈍色《にびいろ》に輝いていた。

雲母橋は、その西堀留川に架かっている。

麟太郎と宇之吉は、雲母橋の上に佇《たたず》んで行き交う人々を眺めた。

だが、行き交う人々の中には、前掛けをした口元に黒子のあるおふみらしい女はいなかった。

日暮れが近付いた。

「よし。宇之吉、今日は此迄にしよう」

「赤鬼先生……」

「消えたと思ったおふみの手掛りが、又浮かんだのだ。焦りは禁物……」

麟太郎は微笑んだ。

「は、はい……」

宇之吉は、未練げに頷いた。

「じゃあな……」

麟太郎は、宇之吉に帰るように促した。

宇之吉は頷き、麟太郎に一礼して雲母橋から立ち去って行った。

麟太郎は、疲れた足取りで入谷に帰って行く宇之吉を見送った。

居酒屋は日暮れと共に賑わった。

「絵師の歌川春仙ですか……」

下《した》っ引《ぴき》の亀吉は眉をひそめた。

麟太郎は、亀吉を呼び出して事の次第を語った。

「うん。どうやら若い女を女郎屋に売り飛ばす女衒の真似をしているらしい……」

麟太郎は吐き棄てた。

「で、そいつを麟太郎さんに気付かれるのを恐れていますか……」

「ああ……」

麟太郎は、亀吉の猪口《ちよこ》に酒を満たし、手酌《てじやく》で酒を飲んだ。

「分かりました。親分に報《しら》せて、絵師の歌川春仙、ちょいと探ってみますよ」

「頼みます。俺は引き続き大工の宇之吉とおふみの行方を追います」

麟太郎は酒を飲んだ。

「それにしても、おふみとおさよ、口元に黒子があり、顔も境遇も良く似た女ですか……」

亀吉は、麟太郎に酌をした。

「ええ。そして、二人とも何処にいるのか分からない……」

麟太郎は眉をひそめた。

「何かありそうですか……」

亀吉は、麟太郎の腹の内を読んだ。

「ええ。おふみとおさよ、無事でいれば良いんだが……」

麟太郎は酒を飲んだ。


西堀留川は澱み、架かっている雲母橋には仕事場に向かう人々が行き交っていた。

麟太郎が行った時、既に宇之吉が袂《たもと》に佇んでおふみを捜していた。

「早いな……」

麟太郎は笑い掛けた。

「あっ。赤鬼先生、おはようございます」

宇之吉は挨拶をした。

「うん。通り掛からないか、おふみは……」

「はい……」

「宇之吉、おふみが前掛けをしていたとなると、此の近くのお店に奉公している……」

「はい……」

「そして、住込みかもしれない……」

麟太郎は、己の読みを聞かせた。

「じゃあ、朝、雲母橋を通る事は……」

「ないかもしれないぞ」

麟太郎は頷いた。

「そうですね……」

宇之吉は肩を落した。

「だから、今日は雲母橋の周りのお店を廻り、おふみが奉公しているかいないか聞き込む」

麟太郎は笑った。

「はい……」

麟太郎と宇之吉は、歌川春仙の描いた美人画を持って近くのお店に向かった。

玉池稲荷は参拝客も少なく、茶店の老婆はお玉ヶ池を眺めていた。

「やあ。婆さん、茶を二つ、頼むぜ……」

岡《おか》っ引《ぴき》の連雀《れんじやくちよう》町の辰五郎は、南町奉行所臨時廻り同心の梶原八兵衛とやって来た。

「はい。おいでなさいまし、只今……」

老婆は、店の奥に入って行った。

梶原と辰五郎は、店先の縁台に腰掛けた。

「して、絵師の歌川春仙、どんな奴なんだ」

「そいつが、背の高い二枚目でしてね。かなり女癖が悪いと専《もっぱ》らの評判ですよ」

辰五郎は眉をひそめた。

「じゃあ、麟太郎さんの云う通り、女衒の真似をしていてもおかしくはないか……」

梶原は苦笑した。

「ええ……」

辰五郎は頷いた。

「お待たせしました……」

老婆が茶を持って来た。

「うん。処で婆さん、近くに住んでいる歌川春仙って絵師を知っているかな」

梶原は、茶を飲みながら老婆に尋ねた。

「女を誑《たら》し込《こ》んで食い物にしている絵師なら知っていますよ」

老婆は、腹立たしさを滲《にじ》ませた。

「そんなに酷《ひど》い奴なのか、歌川春仙……」

梶原は眉をひそめた。

「そりゃあもう。女を騙《だま》して貢がせ、最後は棄てる陸《ろく》でなしですよ」

老婆は吐き棄てた。

「そうか……」

梶原と辰五郎は、思わず顔を見合わせた。

絵師の歌川春仙は、近所の茶店の老婆にも罵倒される者だった。

「旦那、親分……」

見張っていた亀吉が駆け寄って来た。

「どうした……」

「歌川春仙が出掛けます」

亀吉は報せた。

絵師の歌川春仙は、神田川沿いの柳原通りを神田八ツ小路に向かっていた。

「野郎が絵師の歌川春仙です……」

亀吉は、擦《す》れ違う若い女を振り返っている歌川春仙を示した。

「女誑しか……」

梶原は苦笑した。

春仙は、軽い足取りで八ツ小路に進んだ。

梶原、辰五郎、亀吉は追った。


線香花火をする口元に黒子のある女は、瀬戸物問屋の奉公人の中にはいなかった。

麟太郎と宇之吉は、美人画を持って連なる店を訪ね歩いていた。

「いませんねえ……」

宇之吉は肩を落した。

「なあに、未《ま》だ未《ま》だ此からだ」

麟太郎は励ました。

麟太郎と宇之吉は聞き込みを続け、八軒目に米屋『丹波屋《たんばや》』を訪れた。

「ああ、此の女《ひと》ですか……」

手代は、美人画に描かれた女を一瞥《いちべつ》した。

「知っているのか……」

麟太郎は、思わず身を乗り出した。

「ええ。おふみさんだと思いますけど……」

手代は、麟太郎に怪訝な眼を向けた。

「おふみ……」

宇之吉は眼を瞠《みは》った。

「ええ……」

「何処です。おふみは何処にいます」

宇之吉は、恐ろしい勢いで手代に迫った。

手代は、思わず身を引いた。

「落ち着け、宇之吉……」

麟太郎は宇之吉を制した。

「あ、赤鬼先生……」

「して、そのおふみと云う女、今何処にいるのかな……」

麟太郎は、手代に尋ねた。

「いません。おふみさんはもういませんよ」

手代は、宇之吉を恐ろしそうに見ながら告げた。

「いない……」

麟太郎は眉をひそめた。

「はい。おふみさんは此の間迄、住込みで奉公していたのですが、今はもう辞めて、お店にはいません」

「そんな……」

宇之吉は声を引き攣らせた。

「ならば、おふみは丹波屋を辞めて何処に行ったのだ」

「さあ……」

手代は首を捻った。

「よし。番頭に逢わせてくれ」

麟太郎は、手代を見据えた。


「おふみですか……」

番頭は、麟太郎と宇之吉を怪訝に見詰めた。

「うむ。此の丹波屋を辞めて何処に行ったのか、知っているなら教えて貰いたい」

麟太郎は、番頭を見据えた。

「お侍さま、おふみが何か……」

番頭は、不安を滲ませた。

「いや。おふみは此の宇之吉と言い交わした仲でな。捜しているのだ」

「言い交わした仲……」

「そうです。番頭さん、おふみが何処に行ったか御存知なら教えて下さい。お願いします」

宇之吉は、深々と頭を下げて頼んだ。

「それが急に辞めると云い出しまして、手前も何処に行ったのか良く分からないのです」

番頭は、申し訳なさそうに告げた。

「良く分からない……」

麟太郎は眉をひそめた。

三

おふみは、米屋『丹波屋』の住込みで女中をしていたが、急に辞めていた。

「おふみが何処に行ったのか、何か手掛りはないかな……」

麟太郎は、番頭に食い下がった。

「手掛りですか……」

「ええ……」

麟太郎は頷いた。

「何でも良いのです、何かありませんか……」

宇之吉は、番頭に縋る眼差しを向けた。

「何でも良いと云っても……」

番頭は、困惑を浮かべた。

麟太郎と宇之吉は、番頭の言葉を待った。

「そう云えば、一度ですが、おふみの兄さんって人が訪ねて来ましてね」

番頭は眉をひそめた。

「おふみの兄さん……」

麟太郎は、思わず宇之吉を見た。

宇之吉は、おふみの兄貴を知っているのか、満面に緊張を浮かべていた。

「ええ。派手な縞《しま》の半纏を着て、何だか博奕打《ばくちう》ちのようでした……」

番頭は、怯《おび》えを過ぎらせた。

「博奕打ち……」

麟太郎は眉をひそめた。

「はい……」

番頭は頷いた。

「博奕打ちです。おふみの兄さんは、博奕打ちなんです」

宇之吉は、哀しげに顔を歪《ゆが》めた。


不忍池の畔の料理屋『水月《すいげつ》』は、昼飯の客が出入りしていた。

絵師の歌川春仙は、四半刻《しはんとき》（約三十分）前に料理屋『水月』を訪れた。

梶原八兵衛は、亀吉と共に物陰から料理屋『水月』を見張っていた。

辰五郎が料理屋『水月』から現れ、梶原と亀吉の許《もと》に駆け寄った。

「どうだった……」

梶原は、辰五郎を迎えた。

「ええ。女将さんに聞いたんですが、春仙の野郎、どうやら若い仲居を口説きに掛かっているようですぜ」

辰五郎は苦笑した。

「春仙の奴、若い仲居の紐になり、飽きたら女郎屋に売り飛ばすつもりだな」

梶原は読んだ。

「きっと……」

辰五郎は頷いた。

「よし。連雀町は此のまま春仙を見張ってくれ。俺は知り合いの女衒に逢って来るぜ」

梶原は告げた。

「亀吉、旦那のお供をしな」

辰五郎は命じた。

「合点《がってん》です」

亀吉は、梶原に続いた。

宇之吉は、盛《も》り蕎麦《そば》を僅かに手繰《たぐ》っただけだった。

「どうした。食べたくないのか……」

「は、はい……」

麟太郎は、早々に食べ終えて茶を啜った。

宇之吉は、力なく頷いた。

「おふみに博奕打ちの兄貴がいたとはな……」

麟太郎は眉をひそめた。

「はい。長吉《ちょうきち》と云って餓鬼の頃から悪い仲間と連《つる》んで強請集《ゆすりたか》りを働き、亡くなったおふみのお父っつあんに勘当《かんどう》され、博奕打ちになったんです」

「して、おふみとは……」

「昔、おふみの奉公先にしょっちゅう金をせびりに来ましてね。あっしと喧嘩《けんか》になった事もあります」

「妹に金をせびるか……」

「はい。おふみ、長吉から逃げたのかもしれません」

宇之吉は睨んだ。

「しかし、それならお前に何か相談があってもいいだろう……」

麟太郎は、戸惑いを浮かべた。

「赤鬼先生、あっしは気が短く、長吉を嫌っています。長吉がおふみの処に現れたと知ったら、あっしが何をするか分からないと、おふみは心配をして……」

「身を隠したと云うのか……」

「はい。あっしと長吉に殺し合いをさせない為に……」

宇之吉は項垂《うなだ》れた。

「殺し合いって、宇之吉、長吉とはそんな仲なのか……」

麟太郎は呆れた。

「はい……」

宇之吉は、項垂れたまま頷いた。

「ならば宇之吉、博奕打ちの長吉は何処にいるか知っているか……」

「塒《ねぐら》は知りませんが、長吉は浅草の博奕打ちの貸元聖天《しょうでん》の久助《きゅうすけ》の処にいる筈《はず》です」

「よし。じゃあ浅草聖天町に行ってみるか……」

ひょっとしたら、長吉はおふみの行方を知っているかも知れない。

麟太郎は、長吉に逢ってみる事にした。

浅草平右衛門町《へいえもんちょう》は、神田川に架かっている柳橋《やなぎばし》の北詰にある。

南町奉行所臨時廻り同心の梶原八兵衛は、亀吉を従えて元女衒の彦六《ひころく》の家を訪れた。

「こりゃあ、梶原の旦那……」

彦六は、老いた顔を綻ばせて梶原と亀吉を迎えた。

「彦六の父っつあん、歌川春仙って絵師を知っているかな」

梶原は尋ねた。

「梶原の旦那、春仙の野郎は女衒じゃあねえ。女を騙して売り飛ばし、金を独り占めする只の人売り、外道《げどう》ですぜ」

彦六は、絵師の歌川春仙が女衒の真似をしているのを知っており、老顔を歪めて吐き棄てた。

「そんな野郎なのか……」

「はい……」

「して彦六、春仙の野郎、何処の女郎屋に女を売ったか、知っているかな……」

「そりゃあもう……」

彦六は頷いた。

「ならば教えて貰おうか……」

梶原は笑った。

博奕打ちの貸元聖天の久助の店は、浅草聖天町の片隅にあった。

麟太郎は、宇之吉と一緒に聖天の久助の店に入った。

「邪魔するぞ」

「何だい、お侍……」

二人の三下《さんした》は、花札を置いて土間の隅から麟太郎の許にやって来た。

「博奕打ちの長吉はいるか……」

「長吉の兄貴に用があるのか……」

「ああ。何処にいる」

「兄貴に何の用があるんだい……」

「お前たちには拘《かかわ》りない。長吉は何処にいるのだ」

「だから、用は何だと訊いているんだ」

三下の一人は、麟太郎に摑み掛からんばかりに怒鳴った。

「静かにしろ……」

麟太郎は、怒鳴った三下の鳩尾《みぞおち》に拳《こぶし》を鋭く叩き込んだ。

三下は白目を剝《む》いて気絶し、その場に崩れ落ちた。

一瞬の出来事だった。

残る三下は、麟太郎の早技に後退《あとずさ》りした。

「博奕打ちの長吉は何処にいる……」

麟太郎は、残る三下を厳しく見据えた。

「ちょ、長吉の兄貴は、今戸《いまど》の情婦《おんな》の店にいる筈です」

残る三下は、嗄れ声を震わせた。

「今戸の情婦の店だと……」

「へい、そうです、今戸です……」

残る三下は、何度も頷いた。

浅草今戸町は、聖天町と山谷堀《さんやぼり》を挟んで直《す》ぐ近くだ。

「何て店だ……」

麟太郎は、冷たく笑い掛けた。

深川の岡場所は昼間から賑わっていた。

梶原八兵衛と亀吉は、女郎屋『松葉楼《まつばろう》』を訪れて女将に逢った。

「えっ、絵師の歌川春仙さんが連れて来た女ですか……」

女郎屋『松葉楼』の女将は僅かに動揺した。

梶原は、女将の僅かな動揺を見逃さなかった。

女将と歌川春仙は、連んで女を食い物にしている……。

梶原の勘が囁いた。

「女将さん、歌川春仙、口元に黒子のある女を連れて来ていますね」

亀吉は訊いた。

「えっ……」

女将は口籠《くちご》もった。

「いるんだろう……」

梶原は笑い掛けた。

「えっ、ええ……」

女将は頷いた。

「じゃあ、ちょいと呼んで貰おうか……」

梶原は、女将を鋭く見据えた。

浅草今戸町は、山谷堀に架かる今戸橋を渡った隅田《すみだ》川《がわ》沿いにある。

麟太郎と宇之吉は、片隅にある小さな飲み屋『おたふく』を訪れた。

「此処だな。おたふく……」

麟太郎は、店先の掃除のされていない小さな飲み屋を眺めた。

「はい……」

宇之吉は、緊張した面持ちで飲み屋『おたふく』を睨み付けた。

飲み屋『おたふく』の腰高障子が開き、厚化粧の年増が箒《ほうき》を手にして出て来た。

博奕打ちの長吉の情婦……。

麟太郎と宇之吉は、顔を見合わせた。

「女将、ちょいと尋ねるが……」

麟太郎は、年増の女将に声を掛けた。

「はい。何ですか……」

年増の女将は、掃除の手を止めて麟太郎と宇之吉を胡散臭げに見た。

「うん。此処に博奕打ちの長吉がいると聞いて来たのだが、いるかな」

麟太郎は尋ねた。

「長吉ですか……」

年増の女将は眉をひそめた。

「うん……」

　麟太郎は頷き、宇之吉は緊張した。

「長吉なら出掛けていますよ」

　年増の女将は苦笑した。

「出掛けている……」

　麟太郎は眉をひそめた。

「ええ……」

「そうか、出掛けているか……」

　麟太郎は落胆した。

「長吉に何か用ですか……」

「うん。女将、実は長吉の妹を捜しているんだが、長吉から何か聞いちゃあいないかな」

「妹……」

　年増の女将は、長吉から妹のおふみの事を聞いてはいないようだ。

「ああ……」

「長吉に妹がいたなんて、今、知りましたよ」

「そうか。ならば長吉は、何処に出掛けているのかな……」

「さあ、知りませんよ」

「じゃあ、何をしているのだ……」

麟太郎は畳み掛けた。

「お侍さん、長吉は無理矢理此処に居着いているだけでしてね。私は女房でも何でもないんですよ」

年増の女将は、腹立たしげに掃除を始めた。

「えっ、そうなのか。そいつは知らぬ事とは云え、すまなかった」

麟太郎は、慌てて詫びた。

「長吉、錺職だったお父っつあんがお世話になった旦那を捜しているようですよ」

年増の女将は、慌てて詫びた麟太郎を一瞥して告げた。

「お父っつあんがお世話になった旦那……」

「ええ。妹じゃあないけどね……」

年増の女将は苦笑した。

「そうか。女将、店を開ける仕度に忙しい時、邪魔をして悪かったな」

麟太郎は、年増の女将に礼を述べて飲み屋『おたふく』から離れた。

宇之吉が続いた。

隅田川はゆったりと流れていた。

「博奕打ちの長吉、妹のおふみを捜しちゃあいないのかもしれないな……」

麟太郎は、隅田川の流れを眺めた。

「赤鬼先生。長吉の奴、錺職のお父っつあんがお世話になった旦那を捜しているようですが、その旦那は、きっと日本橋は室町《むろまち》の小間物問屋の旦那だと思います」

「小間物問屋の旦那……」

「ええ。おふみのお父っつあん、仕事を貰い、出来た品物を納め、随分とお世話になっていました……」

「そうか。室町の小間物問屋の旦那か……」

「はい。で、今はもう隠居されましてね。向島《むこうじま》は白髭《しらひげ》神社の裏に建てた隠居所で暮らしているんです」

「良く知っているな、宇之吉……」

「はい。白髭神社の裏の隠居所普請《ふしん》、あっしの棟梁《とうりよう》が請負《うけお》いましてね。あっしも大工として働いたんです」

「成る程、そうか……」

「赤鬼先生、御隠居さまは昔、子供だったおふみを随分と可愛がっていました。ひょっとしたら、おふみ……」

宇之吉は眉をひそめた。

「向島の白髭神社の裏か……」

麟太郎は、隅田川の流れの向こうの向島を眺めた。

梶原八兵衛は、亀吉を辰五郎の許に走らせ、南町奉行所に戻って内与力《うちよりき》の正木平九郎に事の次第を報せた。

平九郎は、梶原を伴って南町奉行根岸肥前守《ひぜんのかみ》の座敷に赴《おもむ》いた。

「歌川春仙と申す絵師が人を売り買いしていると申すか……」

肥前守は眉をひそめた。

「はい。梶原の調べによりますと、普通、年季奉公は当人の親などに年季奉公の給金を纏《まと》め、支度金として前払いをしますが、歌川春仙は女郎屋の主と結託し、年季奉公の支度金を己の懐に入れているそうにございます」

平九郎は報せた。

「梶原、それに間違いはないのだな……」

「はい。女郎屋の女将、年季奉公をさせられた当人を問い質し、確かな証言を取りました」

梶原が告げた。

「ならば遠慮は要らぬ。梶原、歌川春仙なる絵師を早々にお縄に致すが良い」

肥前守は命じた。

「心得ました。では……」

梶原は、肥前守の座敷を退出した。

「平九郎、此度《こたび》の絵師の一件、麟太郎は拘りはないようだな」

肥前守は微笑んだ。

「それが御奉行、梶原が絵師の歌川春仙を探ったのは、麟太郎どのが……」

「拘っているのか……」

肥前守は、思わず平九郎を遮った。

「はい。人を捜し始めたからだとか……」

平九郎は苦笑した。

「人捜しとは。麟太郎、いろいろと忙しい奴だな……」

肥前守は呆れた。

南町奉行所臨時廻り同心梶原八兵衛は、捕り方を率いて不忍池の畔に急いだ。

不忍池の畔の料理屋『水月』の表には、連雀町の辰五郎と亀吉が見張りに付いていた。

「歌川春仙、未だいるな……」

「はい。何をしているのか……」

辰五郎は苦笑した。

「よし。出て来た処をお縄にする」

梶原は告げた。

「心得ました」

辰五郎は頷いた。

「旦那、親分……」

亀吉が、料理屋『水月』から出て来た歌川春仙を示した。

春仙は、薄笑いを浮かべて料理屋『水月』を振り返り、不忍池の畔に出て来た。

「行くぞ……」

梶原は春仙の前に進み、辰五郎と亀吉は背後を押さえた。

「絵師の歌川春仙だな」

梶原は、春仙を見据えた。

「な、何だ……」

春仙は前後を塞《ふさ》がれたのを知り、狼狽えた。

「おさよなる女を騙し、深川の女郎屋松葉楼に売り飛ばした罪でお縄を受けて貰うよ」

梶原は告げた。

「知らぬ。俺は何も知らぬ……」

春仙は、梶原の脇を通り過ぎようとした。

「松葉楼の女将は吐いているんだぜ……」

梶原は、春仙の腕を摑んだ。

「放せ……」

春仙は抗《あらが》った。

梶原は、春仙を投げ飛ばした。

辰五郎と亀吉は、倒れた春仙に襲い掛かり容赦なく縄を打った。

四

向島の土手の桜の木は、隅田川から吹く風に緑の葉を揺らしていた。

麟太郎と宇之吉は、今戸町から浅草広小路に出て隅田川に架かる吾妻橋《あづまばし》を渡り、向島にやって来た。

日本橋室町の小間物問屋『紅屋《べにや》』の久兵衛《きゅうべえ》は、長吉とおふみの父親の錺職としての腕に惚《ほ》れ、贔屓《ひいき》にした。

そして五年前、久兵衛は店を倅《せがれ》に継がせて隠居し、向島に隠居所を建て、老妻と暢《のん》気《き》な隠居暮らしをしていた。

宇之吉は、その久兵衛の隠居所を普請した大工の一人だった。

長命寺《ちょうめいじ》から諏訪《すわ》明神の前を抜けると、白髭神社が見えた。

白髭神社は近江《おうみ》白髭大明神を勧請したものであり、隅田川七福神の寿老人《じゅろうじん》を祀《まつ》っている。

「宇之吉……」

「はい。御隠居の隠居所は、白髭神社の手前の道を東に曲がった先にあります」

宇之吉は、土手道を進んで白髭神社に近付いた。

縞の半纏を着た男と浪人が、白髭神社の手前の田舎道から出て来た。

「あっ……」

宇之吉は、小さな声を上げて足を止めた。

麟太郎は、咄嗟《とっさ》に宇之吉を木陰に押込んだ。

「縞の半纏、博奕打ちの長吉か……」

麟太郎は、浪人と一緒にいる縞の半纏を着た男を見詰めた。

「はい……」

宇之吉は、縞の半纏を着た長吉を見ながら頷いた。

長吉は、錺職だった父親が世話になった旦那を捜している。

もし、そうだとしたなら、その旦那はやはり隠居した小間物問屋『紅屋』の久兵衛なのだ。

麟太郎と宇之吉は、長吉を見守った。

長吉と浪人は、白髭神社から土手道を北に向かった。

土手道の北には何軒かの寺や大名屋敷が連なり、木母寺《もくぼじ》や地本問屋『蔦屋』の別宅に近い水神《すいじん》などがあった。

長吉は、小間物問屋『紅屋』の隠居の久兵衛を捜している。

麟太郎は見定めた。

「宇之吉、急ごう……」

「はい……」

宇之吉は、白髭神社の手前の田舎道を東に曲がった。そして、白髭神社の前を抜けると、緑の田畑が広がっていた。

宇之吉と麟太郎は、田舎道を進んだ。

左右の田畑には、野良仕事に励む百姓の姿が見えた。

緑の田畑の先には小さな林があり、建仁寺《けんにんじ》垣《がき》で囲まれた家が見えた。

「赤鬼先生……」

宇之吉は、建仁寺垣に囲まれた家を示した。

「あの家か……」

「はい……」

おふみがいるかもしれない……。

宇之吉は、緊張に喉を鳴らして頷いた。

「よし……」

　麟太郎は、建仁寺垣に囲まれた家の木戸門に向かった。

　宇之吉は続いた。

「御免、何方《どなた》かおいでかな。御免……」

　麟太郎は、木戸門から家に声を掛けた。だが、返事はなかった。

「誰もいないんですかね」

　宇之吉は眉をひそめた。

「うむ……」

　麟太郎は、木戸門から家の様子を窺った。

「何か用ですかな……」

　背後から落ち着いた声がした。

　麟太郎と宇之吉は振り向いた。

　菅笠《すげがさ》を被った老百姓夫婦が、鍬《すき》や野菜の入った竹籠《たけかご》を背負って佇んでいた。

「御隠居さま、お内儀《ないぎ》さま……」

　宇之吉は、老百姓夫婦が室町の小間物問屋『紅屋』の隠居の久兵衛と老内儀だと気が付いた。

「おや。大工の宇之吉じゃあないか……」

久兵衛は、宇之吉に気が付いた。

「はい。御無沙汰《ごぶさた》しております」

「宇之吉……」

麟太郎は、宇之吉に久兵衛に引き合わせろと目配せをした。

「御隠居さま、此方《こちら》は戯作者の閻魔堂赤鬼先生です」

「やあ。紅屋の隠居の久兵衛さんですか、私は絵草紙の戯作者、閻魔堂赤鬼こと浪人の青山麟太郎です」

「ほう。戯作者の閻魔堂赤鬼先生ですか……」

隠居の久兵衛は、物珍しそうに眼を細めた。

「どうぞ……」

隠居の久兵衛は、麟太郎と宇之吉を座敷に通した。

老内儀は、麟太郎と宇之吉に茶を差し出した。

「忝《かたじけな》い……」

麟太郎と宇之吉は頭を下げた。

「お待たせ致しました」

隠居の久兵衛が着替えて来た。

「急に訪れ、申し訳ありません」

麟太郎は詫びた。

「いえいえ、して、戯作者の先生が隠居に何用ですかな……」

久兵衛は笑い掛けた。

「はい。宇之吉……」

麟太郎は、宇之吉を促した。

「は、はい……」

宇之吉は、喉を鳴らして頷いた。

「御隠居さま、此方におふみちゃんが御厄介になってはおりませんでしょうか……」

宇之吉は、最後の望みを懸けて尋ねた。

「おふみ……」

久兵衛は眉をひそめた。

「はい……」

宇之吉は、久兵衛を見詰めて頷いた。

「宇之吉はおふみを捜しに来たのか……」

「はい。御隠居さま、あっしとおふみは夫婦《めおと》約束をしました。ですが、おふみは不意に姿を消してしまって、それであっしは……」

宇之吉は、おふみの身を心配して声を震わせた。

「宇之吉はおふみを捜し廻り、伝手《つて》を頼りに此処迄辿《たど》って来たのですが、如何《いかが》ですか御隠居、何か御存知ありませんか……」

麟太郎は口添えした。

「それで、閻魔堂の赤鬼先生は、どうして宇之吉のおふみ捜しを……」

久兵衛は、麟太郎の問に答えず逆に尋ねた。

「えっ。私か……」

麟太郎は、思わぬ質問に戸惑った。

「はい……」

「それは、宇之吉が余りにも必死だったので、つい……」

「ついですか……」

久兵衛は、麟太郎を見詰めた。

「まあ。つい、必死な宇之吉を助けてやりたくなったって処ですか……」

麟太郎は苦笑した。

「そうですか……」

久兵衛は、釣られるように笑みを浮かべた。

「分かりました。で、宇之吉、お前、おふみと逢ったらどうするつもりなんだい」

久兵衛は訊いた。

「おふみが、もう逃げ廻らずに暮らしていけるようにしてやりたいと思っています」

宇之吉は、久兵衛を見詰めた。

「そうか。宇之吉、おふみは此処で暮らしているよ」

久兵衛は微笑んだ。

「御隠居さま……」

宇之吉は、満面に喜びを溢《あふ》れさせた。

「やっと見付けたな、宇之吉。良かった……」

麟太郎は喜んだ。

「はい……」

宇之吉は、嬉し涙を零《こぼ》した。

「お前さま……」

老内儀は、慌てた様子で一枚の書付けを持って来た。

「どうした……」

「おふみちゃんが……」

老内儀は、久兵衛に書付けを差し出した。

「長吉が捜しに来ました。此以上の御迷惑はお掛け出来ません。お世話になりました……」

久兵衛は、書付けを読んだ。

おふみは、兄の長吉が捜しに来たのに気付き、隠居の久兵衛夫婦に迷惑が及ぶのを恐れて逸早《いちはや》く姿を消したのだ。

「赤鬼先生……」

宇之吉は血相を変えた。

「うん……」

麟太郎は頷いた。

宇之吉は、座敷から出て行った。

「御隠居、ちょいと失礼する……」

麟太郎は続いた。

向島の土手道には、隅田川からの風が吹き抜けていた。

麟太郎と宇之吉は、白髭神社の手前の田舎道から土手道に駆け出して来た。そして、土手道の左右を見た。

土手道の北、右手の方に縞の半纏を着た長吉、浪人、そして女の姿が見えた。

「あ、赤鬼先生……」

宇之吉は、声を引き攣らせた。

おふみは、長吉と浪人に見付かったのだ。

「おふみ……」

宇之吉は地を蹴り、土煙を舞いあげて猛然と走り出した。

「放してよ」

おふみは、長吉の手を振り払った。

「おふみ、たった一人の兄と妹、兄妹じゃあねえか。邪険にするなよ……」

長吉は、おふみの機嫌を取るように笑い掛けた。

いんです」

「冗談じゃあない。お父っつあんに勘当された限り、私とも兄でもなければ妹でもな

「固い事を云うんじゃないぜ。なあ、おふみ、俺の知り合いの料理屋に住込みで仲居奉公してくれ。頼むぜ」

「嫌です……」

おふみは、長吉の頼みを拒否した。

「おふみ、下手《したて》に出ていりゃあ図に乗りやがって……」

長吉は、おふみの腕を掴んだ。

「放して……」

おふみは、身を捩って抗った。

「長吉……」

一緒にいた浪人は、土手道を見て怪訝な声をあげた。

「何です……」

長吉は、土手道を駆け寄って来る宇之吉と麟太郎に眉をひそめた。

「宇之吉さん……」

おふみは気が付いた。

「宇之吉だと……」

長吉は狼狽えた。

「おふみちゃん……」

駆け寄った宇之吉が、息を弾ませて漸《ようや》く逢えたおふみを見詰めた。

「宇之吉さん……」

おふみは、哀しげに顔を歪めた。

「長吉、手前《てめえ》……」

宇之吉は、長吉を睨み付けた。

「宇之吉、おふみは料理屋に年季奉公に出るんだ。邪魔するんじゃあねえ」

長吉は凄んだ。

「馬鹿野郎……」

宇之吉は、麟太郎が止める間もなく長吉に猛然と殴り掛かった。

刹那、長吉と一緒にいた浪人が抜き打ちの一刀を放った。

宇之吉は、咄嗟に転がって躱《かわ》した。しかし、二の腕が斬られて血が流れた。

「宇之吉さん……」

おふみは悲鳴のように叫び、倒れた宇之吉に駆け寄った。

「宇之吉、餓鬼の時からの腐れ縁も此迄だぜ」

長吉は、嘲笑を浮かべて匕首《あいくち》を抜いた。

「そうはいかぬ……」

麟太郎は、宇之吉とおふみを庇《かば》って立った。

「何だ、手前……」

長吉は、険しい眼で麟太郎を見据えた。

「宇之吉の知り合いだ」

麟太郎は苦笑した。

「巫山戯《ふざけ》るな……」

長吉は、麟太郎に匕首で突き掛かった。

麟太郎は、長吉の匕首を叩き落として蹴り飛ばした。

長吉は、土手道の草むらに無様《ぶざま》に倒れた。

「おのれ……」

浪人は、麟太郎に斬り掛かった。

麟太郎は、浪人の斬り込みを躱し、刀を横薙《よこな》ぎに一閃《いっせん》した。

刀が輝いた。

浪人は、脇腹を斬られ、血を飛ばして倒れた。

麟太郎は、倒れている長吉に振り向いた。

刀の鋒《きつさき》から血の雫《しずく》が滴《したた》り落ちた。

長吉は、恐怖に震えて後退りした。

「長吉、父親に勘当されている限り、お前はおふみの兄ではない。此以上、おふみに付き纏えば、その薄汚い首、俺が斬り飛ばしてくれる……」

麟太郎は、長吉を厳しく見据えた。

「わ、分かった……」

長吉は、嗄れ声を引き攣らせた。

「ならば、おふみに謝り、二度と付き纏わないと約束しろ」

麟太郎は命じた。

「す、すまねえ。二度とお前の前には現われねえ……」

長吉は、おふみに頭を下げた。

「よし。ならば、此奴を医者に連れて行ってやるのだな」

「へ、へい……」

長吉は、脇腹を血に染めている浪人を背負い、土手道を吾妻橋に向かった。

麟太郎は、刀に拭《ぬぐ》いを掛けて鞘《さや》に納め、宇之吉とおふみを振り向いた。

おふみは、襦袢《じゅばん》の袖を引き裂いて宇之吉の二の腕の傷の手当てをしていた。

「大丈夫か……」

麟太郎は、宇之吉とおふみに声を掛けた。

「はい。掠《かす》り傷《きず》です。赤鬼先生、お陰でおふみちゃんと無事に逢えました。ありがとうございました」

宇之吉は礼を述べ、麟太郎に深々と頭を下げた。

隣でおふみも頭を下げた。

「いや。礼には及ばない。長吉には知り合いの同心の旦那に釘を刺して貰う。心配しないで仲良く、幸せになるんだな」

麟太郎は、宇之吉とおふみに笑い掛けて踵《きびす》を返した。

「ありがとうございました……」

宇之吉とおふみは頭を下げ続けた。

麟太郎は、土手道を吾妻橋に向かった。

隅田川から吹く風は、麟太郎の鬢《びん》の解《ほつ》れ髪《がみ》を揺らした。

居酒屋は賑わった。

麟太郎、辰五郎、亀吉、梶原八兵衛は、小座敷に陣取って酒を飲んだ。

絵師の歌川春仙は、おさよと云う娘を女郎屋に売り飛ばした罪でお縄になった。

「そうですか。絵師の歌川春仙、お縄にしましたか……」

麟太郎は知った。

「ああ。そいつは麟太郎さんのお陰だ。礼を云うぜ……」

梶原八兵衛は、麟太郎に酌をした。

「そいつはどうも、ありがとうございます」

「で、麟太郎さん、大工の宇之吉が夫婦約束をした娘、見付かったのですか……」

亀吉は尋ねた。

「ええ。どうにか……」

麟太郎は、宇之吉が夫婦約束をしたおふみが姿を消した理由と見付けた経緯を話した。

「じゃあ何ですか、おふみは博奕打ちの兄貴に無理矢理、年季奉公に出されそうになって逃げ廻っていたのですか……」

辰五郎は眉をひそめた。

「それもありますが、夫婦約束をした大工の宇之吉が知れば、長吉と命の遣り取りをするかもしれないと心配しての事のようです」

麟太郎は苦笑した。

「幾ら兄貴でも、そんな奴に付き纏われちゃあたまりませんね」

亀吉は眉をひそめた。

「うん。梶原どの、その兄貴で博奕打ちの長吉は、浅草は博奕打ちの貸元、聖天の久助の処にいます。大工の宇之吉とおふみに二度と手を出すなと、釘を刺してくれませんか……」

麟太郎は頼《たの》んだ。

「お安い御用だ。引き受けた……」

梶原は笑った。

「宜《よろ》しくお願いします。それにしても美人画一枚、いろいろありましたね」

麟太郎は笑った。

居酒屋は賑わった。

「そうか、絵師の歌川春仙、お縄にしたか……」

根岸肥前守は頷いた。

「はい。只今厳しく詮議《せんぎ》しております」

正木平九郎は告げた。

「して、歌川春仙に売られた娘は如何致した……」

「はい。女郎屋松葉楼の女将もお縄にし、既に引き取りました」

「うむ。出来るだけ騒ぎ立てず、そっと始末してやるのだな」

「心得ました」

平九郎は頷いた。

「で、平九郎、麟太郎の人捜しの方はどうなったのだ……」

「それはもう、上首尾に終ったそうにございます」

「そうか、それは重畳《ちょうじょう》……」

肥前守は微笑んだ。

「博奕打ちの長吉が江戸から逃げた……」

麟太郎は眉をひそめた。

「ええ。長吉、貸元の聖天の久助に大金を借りていましてね。どうにも返せなくて簀《す》巻《まき》にされる前に逃げたと専らの噂です。妹のおふみにしつこく付き纏って年季奉公に出そうとした理由、その辺じゃありませんかね」

亀吉は苦笑した。

「きっとそうでしょう」

麟太郎は頷いた。

「それから、歌川春仙に売られたおさよですがね。川越《かわごえ》の親類に引き取られましたよ」

「川越の親類ですか……」

「病で死んだ母親の実家だそうです」

「そうですか、幸せになると良いですね」

「ええ。で、麟太郎さん、宇之吉とおふみはどうなりました」

「うん。宇之吉とおふみ、小間物問屋紅屋の御隠居の肝《きも》煎《い》りで祝言《しゅうげん》をあげましたよ」

「そいつは目出《めで》度《た》い。麟太郎さん、祝言に出たんですか……」

麟太郎は笑った。

「招かれましたが、行きませんでした」

「行かなかった……」

亀吉は眉をひそめた。

「ええ。戯作者の閻魔堂赤鬼は、宇之吉とおふみが辛い時に偶々《たまたま》出逢った者に過ぎません。赤鬼が行けば辛かった時を思い出すだけですからね……」

「ですが……」

「人は辛かった時を忘れる事も必要ですよ」

麟太郎は、口元に黒子のある若い女が線香花火をする美人画を思い浮かべた。

おふみとおさよ、口元に黒子のある良く似た顔の二人の女は、辛い昔を忘れて新たな一歩を踏み出した。

麟太郎は微笑んだ。

その後、地本問屋『蔦屋』は、閻魔堂赤鬼の『女二人錦絵秘密譚《たん》』と云う表題の絵草紙を店先に並べた。

本書は文庫書下ろし作品です。

|著者| 藤井邦夫　1946年北海道旭川市生まれ。テレビドラマ「特捜最前線」で脚本家デビュー。刑事ドラマ、時代劇を中心に、監督、脚本家として多数の作品を手がける。2002年に時代小説作家としてデビューし、以来多くの読者を魅了している。「大江戸閻魔帳」（講談社文庫）をはじめ、「新・秋山久蔵御用控」（文春文庫）、「新・知らぬが半兵衛手控帖」（双葉文庫）、「御刀番　左京之介」（光文社文庫）、「江戸の御庭番」（角川文庫）、「素浪人稼業」（祥伝社文庫）などの数々のシリーズがある。

渡世人《とせいにん》　大江戸閻魔帳《おおえどえんまちょう》㈢

藤井邦夫《ふじいくにお》

© Kunio Fujii 2019

2019年10月16日第1刷発行

講談社文庫

定価はカバーに
表示してあります

発行者——渡瀬昌彦
発行所——株式会社　講談社
東京都文京区音羽2-12-21　〒112-8001
電話　出版　(03) 5395-3510
　　　販売　(03) 5395-5817
　　　業務　(03) 5395-3615

Printed in Japan

デザイン—菊地信義
本文データ制作—講談社デジタル製作
印刷———豊国印刷株式会社
製本———株式会社国宝社

落丁本・乱丁本は購入書店名を明記のうえ、小社業務あてにお送りください。送料は小社負担にてお取替えします。なお、この本の内容についてのお問い合わせは講談社文庫あてにお願いいたします。
本書のコピー、スキャン、デジタル化等の無断複製は著作権法上での例外を除き禁じられています。本書を代行業者等の第三者に依頼してスキャンやデジタル化することはたとえ個人や家庭内の利用でも著作権法違反です。

ISBN978-4-06-517634-4

講談社文庫刊行の辞

二十一世紀の到来を目睫に望みながら、われわれはいま、人類史上かつて例を見ない巨大な転換期をむかえようとしている。

世界も、日本も、激動の予兆に対する期待とおののきを内に蔵して、未知の時代に歩み入ろうとしている。このときにあたり、創業の人野間清治の「ナショナル・エデュケイター」への志を現代に甦らせようと意図して、われわれはここに古今の文芸作品はいうまでもなく、ひろく人文・社会・自然の諸科学から東西の名著を網羅する、新しい綜合文庫の発刊を決意した。

激動の転換期はまた断絶の時代である。われわれは戦後二十五年間の出版文化のありかたへの深い反省をこめて、この断絶の時代にあえて人間的な持続を求めようとする。いたずらに浮薄な商業主義のあだ花を追い求めることなく、長期にわたって良書に生命をあたえようとつとめるところにしか、今後の出版文化の真の繁栄はあり得ないと信じるからである。

同時にわれわれはこの綜合文庫の刊行を通じて、人文・社会・自然の諸科学が、結局人間の学にほかならないことを立証しようと願っている。かつて知識とは、「汝自身を知る」ことにつきていた。現代社会の瑣末な情報の氾濫のなかから、力強い知識の源泉を掘り起し、技術文明のただなかに、生きた人間の姿を復活させること。それこそわれわれの切なる希求である。

われわれは権威に盲従せず、俗流に媚びることなく、渾然一体となって日本の「草の根」をかたちづくる若く新しい世代の人々に、心をこめてこの新しい綜合文庫をおくり届けたい。それは知識の泉であるとともに感受性のふるさとであり、もっとも有機的に組織され、社会に開かれた万人のための大学をめざしている。大方の支援と協力を衷心より切望してやまない。

一九七一年七月

野間省一

講談社文庫 最新刊

今野　敏　**変　　幻**
公安を去った男と消息を絶った女。同期《あいつら》を救うのは俺だ。警察・同期という愛と青春の絆。

川上弘美　**大きな鳥にさらわれないよう**
希望を信じる人間の行く末を様々な語りであらわす「新しい神話」。泉鏡花文学賞受賞作。

知野みさき　**江戸は浅草2**〈盗人探し〉
甘言に誘われた吉原で待っていたものは？貧乏長屋に流れ着いた老若男女の悲喜交々！

赤川次郎　**人間消失殺人事件**
捜査一課の名物・大貫《おおぬき》警部が、今回は休暇中も大活躍。大人気「四字熟語」シリーズ最新刊！

西村京太郎　**十津川警部　愛と絶望の台湾新幹線**
被害者の娘を追い、台湾で捜査する十津川警部と亀井刑事。戦後、秘密にされた罪とは。

桃戸ハル 編・著　**5分後に意外な結末**〈ベスト・セレクション〉
累計230万部突破の人気シリーズ。あっという間に読めて、あっと驚く結末の二十二篇。

藤井邦夫　**渡　世　人**〈大江戸閻魔帳(三)〉
武士殺しで追われた凶状持の渡世人、その無念は晴れるのか。戯作者麟太郎がお江戸を助く！

長谷川　卓　**嶽神伝　風花**　(上)(下)
戦国乱世武田興亡と共に、甲斐信濃の山河を駆け抜けた山の者と忍者集団との壮絶な死闘《バトル》。

鏑木　蓮　**炎　　罪**
京都で起きた放火殺人。女刑事が挑む、〝人の心を持たぬ犯人〟とは？本格警察小説。

講談社文庫 最新刊

川瀬七緒
フォークロアの鍵
民俗学を研究する女子学生が遭遇した「消えない記憶」の謎とは。深層心理ミステリー！

山本周五郎
繁《しげ》あね〈美しい女たちの物語〉
表題作他「あだこ」など、時代を経ても色褪《いろあ》せない、女の美しさの本質を追求した7篇。

椹野道流
新装版 **無明《むみょう》の闇** 鬼籍通覧
21年の時を超えてシンクロする2つの事件。メスの先に見えた血も凍るような驚愕の真相。

朝倉かすみ
たそがれどきに見つけたもの
人生を四季にたとえると、五十歳は秋の真んなか。大人の心に染みる、切なく優しい短編集。

高橋弘希
日曜日の人々《サンデー・ピープル》
否定しない、追及しない、口外しない。そこで語られる、様々な嗜好《アディクト》を持つ人々の言葉。

豊田巧
警視庁鉄道捜査班〈鉄路の牢獄〉
駅を狙う銃乱射テロ予告！　首都圏鉄道網を巧みに利用する犯人を、警察はどう止める？

森村誠一
悪道《あくどう》 最後の密命
伊賀忍者の末裔・流英次郎率いる一統が、将軍後継をめぐる策謀に挑む。シリーズついに完結！

藤谷治
花や今宵の
季節外れの桜が咲き乱れる山で、少年と少女に何があったのか。世界の秘密を巡る物語。

畑野智美
南部芸能事務所 season5 **コンビ**
決めたんだ、一生漫才やるって。くすぶりつづける若手コンビが見つけた未来とは——？